Mister Toth

–

Die
verlorene
Ewigkeit

Mister Toth

–

Die verlorene Ewigkeit

von

John D. Sikavica

Impressum

John D. Sikavica c/o Dražen Sikavica
https://www.facebook.com/JohnD.Sikavica

Bibliografische Information der Deutschen Nationalbibliothek: Die Deutsche Nationalbibliothek verzeichnet diese Publikation in der Deutschen Nationalbibliografie; detaillierte bibliografische Daten sind im Internet über dnb.dnb.de abrufbar.

© 2017 John D. Sikavica
Cover/Titelschrift: Aleksandar Jeftić
Korrektorat: DigiBuchService, Hannover
dbs@digibuchservice.de
„Herstellung und Verlag: BoD – Books on Demand, Norderstedt"

ISBN: 978-3744886642

KAPITEL 1

„Freund Hain läßt sich abwenden nit
mit Gewalt, mit Güt, mit Treu und Bitt."
(Die Redensart begegnet erstmals 1650 in einem
Flugblatt)

Es gab zu allen Zeiten viele Namen und Bezeichnungen für mich. Zu den geläufigsten gehören wohl: Gevatter Tod, Grimmer Schnitter, Freund Hein und natürlich, wie schon jeder Steppke weiß, wurde und werde ich häufig als der Sensenmann bezeichnet. Halt. Stopp. Gleich hier und jetzt muss ich mich korrigieren und ein sehr altes, weit verbreitetes Vorurteil aus der Welt schaffen. So denn Sie meine reale Existenz überhaupt in Betracht ziehen können. All die Namen beschreiben nicht mich allein! Meine Wenigkeit ist nur Teil einer Gruppe. In eurer Welt würde man uns als Arbeitskollegen definieren, die, vergleichbar mit Zahnrädchen, Teil einer Maschinerie sind, welche dafür Sorge zu tragen hat, dass die Weltbevölkerung nicht schlagartig explodiert und es somit schlussendlich zu einem Kollaps führen würde. Sie rollen mit den Augen und runzeln verächtlich die Stirn? Nun gut, nichts anderes war zu erwarten.

Sollten Sie zu der klassischen Sorte Mensch gehören die alles, was nicht sicht- und spürbar ist, kategorisch ablehnen, könnte ich einen wissenschaftlichen Vortrag über die Schwingung der Atome und die Funktion des menschlichen Auges halten. Doch nehme ich davon Abstand und gestatte Ihnen stattdessen einen Einblick in meinen persönlichen Werdegang als Freund Hein. Selbstverständlich mache ich das nicht ganz ohne Eigeninteresse. Bedauerlicherweise habe ich mich nämlich, nicht zum ersten Mal übrigens, in eine missliche Lage gebracht und da sich die Meinen scheinbar einen feuchten Dreck drum scheren, wie ich wieder in meine Sphären zurückfinde, sehe ich durch die Veröffentlichung meines Wirkens unter euch Erdenmenschen eine vage Hoffnung, mich wieder zu dematerialisieren und mein Bewusstsein die Heimreise antreten zu lassen. Möglicherweise gehen Sie davon aus, ich würde Sie durch meinen folgenden Bericht in eine Zeit zurückversetzen, die schon längst vergangen ist und nur durch archäologische Ausgrabungen Rückschlüsse zulässt, wie der Alltag der damaligen Menschen ausgesehen haben mag. Ein weiterer Irrtum. Weder werde ich über Pyramiden noch über Römische Arenen berichten. Auch Hexenverbrennungen und Bauernaufstände sind nicht Teil meiner Erinnerungen. Denn: Meine Karriere als Seelenabholer begann, in Erdenjahren gerechnet, erst vor kurzem. Schon in den verschiedensten Reinkarnationen als Mensch fiel ich durch meine eher praktisch orientierte Vorgehensweise auf. Zuhören oder aus Büchern lernen war mir auch damals schon, in den verschiedensten Menschenleben, immer ein Gräuel. Wäre es anders gewesen, hätte ich mich auch für meine neuen Aufgaben als Gevatter Tod etwas gewissenhafter vorbereitet und würde dann mit ziemlich hoher Wahrscheinlichkeit nicht in eurer Dimension festhängen. Doch den theoretischen Teil habe ich im Jenseits liebend gerne ins Nirwana geschickt und bevorzugte des Öfteren die Projizierung und Materialisierung von mir für notwendig befundenen Annehmlichkeiten, wie zum Beispiel einen niemals abbrennen wollenden Joint (ich sollte nebenbei erwähnen das ich das Woodstock-Festival 1969 in meinem letzten Erdenleben als ein sogenannter Hippie live miterlebt hatte). Doch nun genug der Vorworte und Erklärungen. Lesen Sie selbst und vor allem aufmerksam. Denn möglicherweise sind auch wir uns schon begegnet, ohne dass Sie es wussten. Und falls nicht, so kann ich Ihnen hiermit versichern, dass Sie mich oder einen meiner Kollegen spätestens in den letzten Minuten, den Sie in Ihrem Menschenkörper verbringen, sichten werden, um letztendlich eine gemeinsame Reise anzutreten.

Kapitel 2

Der Wind wehte eisig und kalt durch die Gassen der Altstadt. Die Straßenlaternen färbten den klebrigen Schnee, der die Pflastersteine vollends unter sich begraben hatte, in ein düsteres Gelb. Die Johannes dem Täufer geweihte Kirche, deren Gebäudekern noch aus dem 13. Jahrhundert stammte, ließ die Kirchenglocken zur Mitternacht läuten. Aus Richtung Leonberger Schloss kommend, welches heutzutage das hiesige Finanzamt beherbergt, verrieten die frischen Schuhabdrücke auf dem vermeintlichen Gehweg einen nächtlichen Spaziergänger. Form und Größe der duftlosen Fährte würden einen heimlichen Beobachter zu der Schlussfolgerung gelangen lassen, dass es sich um ein Mitglied des weiblichen Geschlechts handeln müsse. Doch Katarina Sadlowski fürchtete weder die Dunkelheit noch irgendwelche Späher in der Nacht. Schließlich wusste sich die 28-jährige Blondine zu wehren. Die ehrgeizige und disziplinierte freie Journalistin ging schon von Kindesbeinen an mindestens zweimal wöchentlich zum Kampfsporttraining. Als sie ihre Schritte in die Zwerchstraße lenkte, fluchte sie innerlich vor sich hin, die Minusgrade schienen sich bis zu ihren Knochen vornagen zu wollen. Sie hätte eigentlich nur noch wenige Meter bis zu ihrer Wohnung im Haus Beutelspacher gehabt, dem zweitältesten Gebäude der

Stadt, doch der in etwa daumenbreite Schlitz zwischen dickem Wollschal und tief in die Stirn gezogener Kapuze ihres knielangen Mantels ließ noch genügend Sichtfeld übrig, um sie verdutzt zum Innehalten zu drängen. Sie musste mehrmals blinzeln, um sicherzugehen, dass das, was wenige Meter vor ihr an einem Straßenschild festklebte, sich nicht um ein Trugbild handelte. Doch trotz dicker Schneeflocken, die erneut so zahlreich vom Himmel herabschwebten, als würde Frau Holle mal wieder ihre Betten ausschütteln, und ihrer Übermüdung ob des langen Arbeitstages konnte sie schon nach wenigen Augenblicken erkennen, dass hier eine kleine Story für die Klatschspalten der örtlichen Tageszeitung drin war. Den Kopf abwägend leicht nach links geneigt, visierte sie ihr Zielobjekt an. Anstatt in die Oberamteistraße abzubiegen und sich zuhause mit einer schönen warmen Tasse Tee aufzuwärmen, beschleunigte sie nun ihren Gang und steuerte direkt auf die komische Figur drauflos.

Kapitel 3

Es dauerte etwas, bis ich realisierte, dass man mich in eure Dimension geschleudert hatte. Als dann aber feststand, dass sich die Umgebung nicht verändern ließ, egal an was ich auch dachte, dämmerte es mir allmählich. Zuhause im Bardo, meiner Seelenwelt, konnte ich die Dinge allein durch die Macht der Gedanken beeinflussen, ja sogar steuern, wie es mir beliebte. Hier jedoch schien alles wie festgefroren. Und damit meine ich nicht nur die winterliche Landschaft. Ich musterte also die Umgebung. Dabei fiel mir erst im Nachhinein auf, dass ich auf die Häuser von hoch oben hinabschaute. Ich erblickte einen von Fachwerkhäusern ummantelten, leicht abschüssigen Platz, auf dem sich am unteren Ende ein Brunnen befand. Die Statue, welche mit einem Wappen und Zepter bewaffnet mittig aus dem leeren Wasserbecken in die Höhe ragte, schrie förmlich nach meiner Aufmerksamkeit und ehe ich mich versah, schwebte ich Auge in Auge vor ihr. Bevor ich den steinigen Ritter zum Duell auffordern konnte, einfach weil mir danach war und er sowieso den Kürzeren gezogen hätte, so stocksteif wie er da stand, wurde ich erneut abgelenkt und zwar von einem Pärchen, welches händchenhaltend mit schnellen Schritten an meinen Astralkörper vorbeihuschte. Ich beschloss, ihnen unauffällig hinterherzuschweben, da ich sowieso noch keine Orientierung hatte, und es nicht schaden konnte, zu wissen, wo ich mich befand. Den Fehdehandschuh würde ich zu einem späteren Zeitpunkt werfen müssen, mit einem verächtlichen Blick wendete ich mich also von dem stolzen, ach was sage ich, überheblichen Recken ab. Keine drei Gassen entfernt begaben sich die Verliebten in eine Kneipe. Die Leuchtreklamen verschiedener Läden, Boutiquen und Apotheken warfen mit den buntesten Farben um sich. Fahrzeuge, Masten der Straßenlaternen und Parkuhren spiegelten sich in den gläsernen Schaufenstern. So vermischte sich auch die Innenwelt der Gaststätte mit den äußeren Einflüssen auf der Glasfront und wie ich so beobachtend davor schwebte, erkannte ich es: Ich war unsichtbar! Selbstverständlich war ich das. Denn nur mein Geist kurvte durch die mir unbekannten Straßen. Mir fiel auf, dass ich hören und sehen konnte, doch wie sollte ich fühlen und schmecken ohne einen festen Körper? Nun gut, ich gestehe, dass es nicht zu meinen Aufgaben gehört, mich zu materialisieren, wenn ich mich in eurer Dimension aufhalte, aber da man mich ohne Vorwarnung so ins kalte Wasser hatte fallen lassen und ich nicht mal einen Hauch der Ahnung hatte, welche Seele ich wann und wo abholen sollte, dachte ich mir einfach, ich könnte etwas herumexperimentieren und durch die Gegend schlendern. Der Reiz wurde übermächtig. Es drängte mich, die alten Mauern zu berühren, die Kälte des Schnees zu spüren, und zu schmecken, was auch immer ich in den Mund bekäme. Ich beschloss also ganz spontan, mich von dem Pub abzuwenden und mir eine etwas dunklere, einsame Gasse zu suchen. Sollte mir mein Vorhaben gelingen, durfte ja niemand vor Schreck tot umfallen, wenn ich mich zufällig vor seinen Augen materialisieren würde. Dies war zumindest einer der Punkte, die sich mir im Theoretischen Unterricht eingeprägt hatten. Wir sind Seelenbegleiter, aber keine Mörder. Es wurde uns strikt untersagt, das Ableben eines Menschen durch Einmischung welcher Art auch immer zu beschleunigen oder herbeizuführen. Als Suriel, unser Vorgesetzter, über die Konsequenzen bei Nichtbeachtung dieses Gesetzes sprach, musste ich wohl eingeschlafen oder wieder einmal dermaßen zugetschufft gewesen sein, dass ein jeder Rastaman vor Neid erblasst wäre. Zumindest konnte ich mich beim besten Willen nicht daran erinnern, wie der Vortrag weitergegangen war. Es dauerte nur wenige Augenblicke und ich entdeckte eine Stelle, die ich für würdig genug befand, die Gastgeberin dieses feierlichen Augenblicks meiner Materialisierung zu werden. In Ordnung, ich gestehe: Ganz so zeremoniell empfand ich diesen Vorgang nun doch nicht. Der Platz befand sich in einer Sackgasse, welche an ihrem mir gegenüberliegenden Ende Stufen erahnen ließ, die, wie ich nach routinierter Kontrolle feststellen konnte, ziemlich steil einen Hang hinabführten und überaus vereist zu sein schienen. Hier könnte ich den Versuch starten, ohne sofort entdeckt zu werden. Kurz noch mal nachgedacht, ob mein Plan wirklich ratsam wäre, sehr kurz nachgedacht, denn allein die Vorstellung daran, einen Körper zu besitzen, ließ mich schon eine äußere Hülle erkennen. Interessant! Zu meiner Überraschung konnte ich feststellen, dass mir die Fähigkeit der Projizierung keineswegs abhandengekommen war. Ich konnte allem Anschein nach nur keinen Einfluss auf eure Dimension nehmen, was aber mich und mein Äußeres betraf, ging das sehr wohl. Hmm. Ich grübelte. Wie wollte ich mich denn selbst sehen als Gevatter Tod? Ich entschied mich für eine Variante, die mich doch recht lebendig aussehen ließ und gleichzeitig klassische Merkmale des Todes beinhaltete. Wie nicht anders zu erwarten, wurde in diesem Moment eine recht attraktive Erscheinung geboren. Sie halten die Beschreibung einer Geburt in diesem Zusammenhang eventuell als unpassend. Ich jedoch sage Ihnen, was hätte es denn anderes gewesen sein sollen? Ich betrat in diesem Moment eure Dimension in einer festen Hülle, welche auch nach genauerem Hinschauen nicht von einem menschlichen Körper zu unterscheiden war, und nachdem ich mein Äußeres selbst erschaffen und für gut befunden hatte, löste ich wohl eine Kettenreaktion aus: Die Schwingungen meiner Atome erhöhten sich. Immer schneller werdend und neue Verbindungen eingehend verfestigte sich mein Körper zusehends. Ein leichtes Schwindelgefühl überkam mich während jenes Vorgangs, welches so abrupt endete, dass es unverzüglich Erinnerungen in mir hervorrief: Es fühlte sich an, als würde man sich angeschnallt in dem Sitz eines dieser turmähnlichen Kirmesattraktionen befinden, welches einen aus knapp hundert Metern Höhe blitzartig Richtung Erde hinabschiessen lässt, um gerade noch so vor dem Aufprall eine Blitzbremsung einzuleiten, und man froh darüber sein konnte, wenn man seinen Mageninhalt nicht über all die umherstehenden Gaffer versprühte. Verblüfft durfte ich feststellen, dass ich festen Boden unter den Füßen hatte. Ich hob meine Arme. Alles intakt. Vorsichtig und etwas unbeholfen brachte ich die ersten Schritte hinter mich. Kein Zweifel. Ich bestand zwar nicht aus Fleisch und Blut, aber doch aus einem festen Körper, dies bewiesen mir die tiefen Abdrücke im Schnee, die ich hinterließ. Erneut erblickte ich ein Schaufenster. Nun wollte ich mein Werk doch einmal näher betrachten. Und was soll ich sagen? Es war vollbracht! Teuflisch genial und himmlisch perfekt. Für eure Augen gewöhnungsbedürftig, aber ich verliebte mich augenblicklich in meinen eigenen Anblick. Ein schwarzer Zylinder auf dem Kopf bedeckte die pechschwarzen Haare. Mein weißes Gesicht war noch heller als der herunterrieselnde Schnee. Schwarze Augenringe und Nasenspitze. Der Mund mit Nähten übersät, die von oben nach unten verliefen. Mein schwarzer Anzug passte wie angegossen. Das weiße Hemd unter dem Sakko wie maßgeschneidert. Lässig lehnte ich auf dem Gehstock, indem ich meine beringten Finger um den silbrig polierten Totenschädel schmiegte. Dazu trug ich die auf Hochglanz gebrachten Ranger-Boots, mir gefiel der Kontrast der verschiedenen Stilrichtungen und als der Tod durfte ich mich schließlich ganz unkonventionell kleiden. Nachdem ich einige Grimassen geschnitten hatte, um einschätzen zu können, mit welcher Mimik ich Eindruck schinden konnte, befiel mich erneut der ursprüngliche Drang zu fühlen. Eigentlich hätte es mir ja sofort auffallen müssen, dass etwas immer noch nicht ganz korrekt war. Denn trotz des Schnees und des Pfeifen des Windes fror ich nicht. Doch das Erstaunen setzte erst ein, als ich in die Knie sank und mit beiden Händen in das eben gar nicht kalte winterliche Weiß griff. Ich spürte nichts! Ich formte den Schnee zu einer Kugel und fühlte doch nichts dabei. Ich schlug mir diese Kugel gegen die Stirn und welch Wunder: Ich verspürte rein gar nichts. Unglaublich. Hektisch schaute ich umher. Was dann geschah, brachte ungewollt so einige Geschehnisse ins Rollen und war der Auslöser dafür, dass ich Ihnen meine Erlebnisse mitteile. Wie ich also voller Verzweiflung meinen Kopf ruckartig hin und her wendete, erblickte ich ein Straßenschild. Dicke Eistropfen bedeckten das kalte Metall. Magisch zog es mich zu sich heran und in meinem Hirn brüllte eine Stimme, ich solle es schmecken. Meine Körpertemperatur würde das Eis sicher zum Schmelzen bringen und ich würde das Wasser hinuntersaugen. Wie vom Teufel getrieben umfasste ich hektisch die Runde, mich um mehrere Zentimeter überragende Stange und schleuderte ihr begierig meine Zunge entgegen. Großer Fehler. Die Stange ließ mich nicht mehr los. Frustriert und nervös betrachtete ich nun im gegenüberliegenden Schaufenster nicht den coolen Gevatter Tod, sondern einen Idioten, der heftig mit den Armen wedelnd ein Straßenschild küsste.

So stand ich geschlagene zwei Stunden, wie mir die Kirchenglocken verrieten. Ich fragte mich in meiner Verzweiflung mehrmals, ob ich mir wünschen sollte, dass sich endlich mal jemand in das Gässchen verirrt und mich aus dieser peinlichen Lage befreit, oder darauf hoffen sollte, dass plötzlich der Frühling erwacht und das Eis zum Tauen bringt. Während ich mich noch fragte, welcher Monat wohl sein mochte und wie hoch die Wahrscheinlichkeit für Variante Zwei wäre, und das auch noch mitten in der Nacht, trat letztendlich, wie nicht schwer zu erraten ist, Möglichkeit Eins ein. Eine wahre Salve an Blitzlichtern blendete mich zuallererst, ließ mich glauben, ich würde gleich erblinden, und bevor ich mein Augenlicht wiedererlangte, vernahm ich eine Stimme, die mich noch mehr irritierte. In meinen bisherigen Erdenleben hatte ich so allerhand Frauenstimmen gehört: hohe, dünne Stimmen; etwas tiefere, fast schon männliche Stimmen; krächzende, piepsige, gefühlvolle und noch viele andere mehr. Aber es gab nur eine Art, die es schaffte, mich in ihren Bann zu ziehen. Dieses leicht Heisere, Kratzige, wie sie eine Bonnie Tyler oder Gianna Nannini besaßen. In den letzten Tagen meines jüngsten Menschseins war ich in jene Töne geradezu vernarrt gewesen. Und nun drang dieser erotische Klang an meine Ohren und verwirrte mich umso mehr.

Kapitel 4

Katarina senkte ihre Kamera und begutachtete den komischen Typen aus sicherem Abstand. Zwar glotzte er sie ziemlich dämlich an, aber auf den ersten Blick schien er nicht allzu sehr alkoholisiert zu sein. Nun ja, wie sollte er auch sonst schauen angesichts der Situation.

"Hey, alles okay bei dir?"

Während sie die Frage stellte, schlich sie sich etwas näher an ihn heran. Eine deutliche Antwort war nicht zu verstehen. Es klang eher wie ein gequältes Nuscheln, als wollte er die Worte durch die Nase pressen. Sie hob die Augenbrauen.

"Mir scheint, als könntest du Hilfe gebrauchen."

Als der maskierte Freak verzweifelt die Hände hob und allem Anschein nach genervt seine Augen verdrehte, konnte sich die Journalistin ein Grinsen nicht verkneifen.

"Kommst wohl von einer Faschingsparty, was? Aber wie kommt ein erwachsener Mann auf die Idee, eine Eisenstange abzulecken, und dazu noch bei diesen Minusgraden?"

Der arme Narr hob erneut die Hände in der unmissverständlichen Art, die einem unverzüglich zu verstehen gab, dass sie so keinen Schritt weiter kommen würden. Katarina zückte ihr Handy aus der Manteltasche.

"Moment, ich rufe den Notarzt. Wie schnell der aber in der Faschingsnacht hier sein wird, kann ich auch nicht sagen", sprach sie mehr zu sich selbst.

Doch noch ehe sie die Nummer des Notrufs eintippen konnte, machte sich der seltsame Typ energisch bemerkbar. Mit seinen beringten Fingern klapperte er auf das Heftigste gegen das längliche Rund. Ein fast schon animalisch klingendes Grunzen verdeutlichte seinen Protest. Mit seinem rechten Zeigefinger zeichnete er ein deutliches Nein in die Luft, indem er ihn in Windeseile hin und her fuchtelte. Misstrauisch verstaute die junge Frau ihr Mobiltelefon.

"Also keinen Arzt. Hmm, okay. Du bist aber kein Perverser oder so was in die Richtung?"

Verzweifelt stampfte der Fremde auf, faltete seine Hände wie zu einem Gebet und blickte ihr Mitleid suchend ins Gesicht. So seltsam Katarina diese Situation auch fand, etwas Bedrohliches konnte sie an dem Typen nicht feststellen. Ihre Menschenkenntnis täuschte sie nur sehr selten und im Falle der Fälle würde sie eben das Pfefferspray benutzen, sollte der komische Kauz auf dumme Gedanken kommen. Ihre Entscheidung war gefallen.

"Warte hier", rief sie ihm entgegen und sobald sie die Worte gesprochen hatte, wurde ihr bewusst, wie unglaublich lächerlich ihre Aufforderung geklungen haben musste angesichts der Situation, in der sich Mister Sekundenkleber befand. Doch ohne sich für ihre Wortwahl zu entschuldigen, sauste sie eiligst davon. Als sie hinter der nächsten Hausecke verschwand, breitete sich eine Stille aus als wäre selbst der eisig pfeifende Wind mit Katarina Sadlowski hinter die Gebäude gezogen.

Kapitel 5

Etwa zur selben Zeit am Bahnhof Leonberg. Auf Gleis 2 kam soeben die aus Richtung Stuttgart einfahrende S6 zum Stehen. Kurz zuvor hatte Sixtus Franck seinen akkurat aufgehängten Mantel vom Kleiderhaken genommen. Trotz oder gerade wegen der sibirischen Temperaturen draußen waren die Waggons der S-Bahn angenehm beheizt. Als störend empfand er nur den penetranten Alkoholgeruch, der in der abgestandenen Luft hing, und die lauthals grölende Gruppe Halbstarker, welche zwei Sitzreihen weiter ununterbrochen herumpöbelte. So beschloss er also, die Dokumente in seiner cognac-braunen, ledernen Aktentasche ruhen zu lassen. Selbige hielt er während der ganzen Fahrt fest umschlungen vor seiner breiten Brust. Gedankenverloren hatte er die letzten fünfundzwanzig Minuten durchs Fenster geblickt, ohne etwas von der vorbeiziehenden Landschaft zu registrieren. Sein Interesse galt einzig und allein den Kopien der mittelalterlichen Schriften, welche ihm am späten Abend von seinem tschechischen Freund Pavel Hlavacek übergeben worden waren. Als sich die Türen lautlos zur Seite schoben, trat er mit kräftigen Schritten hinaus ins Halbdunkel. Die Bahnhofsbeleuchtung blinkte. Ob ihr die Kälte der Technik zusetzte oder Sparmaßnahmen der Deutschen Bahn die Ursache für die nicht ganz reibungslos funktionierenden Leuchtquellen waren, blieb nur zu vermuten. Sixtus´ warmer Atem bildete deutlich sichtbar einen Nebelhauch vor seinem Mund. Sein Blick erhaschte die runde Uhr, welche über einem Getränke- und Süßigkeitenautomaten hing: 01:43 Uhr. Pünktlich! Eine Seltenheit, wie Sixtus Franck befand. Einen Waggon weiter sprangen drei der vormals vierköpfigen besoffenen Truppe aus der S-Bahn. Mit Bierdosen bewaffnet und Zigaretten paffend, welche noch kurz zuvor im Abteil angezündet worden waren, kamen sie affenartig springend, den Stufen, die zur Unterführung führten, näher. Sixtus war ihnen kaum ein paar Schritte voraus. Kurz überlegte er innezuhalten und darauf zu warten, dass sie vor ihm zur Untertunnelung hinabstürmten, doch seine Neugierde auf den wertvollen Inhalt seiner Aktentasche war zu groß, um auch nur ein paar Sekundenbruchteile zu verschwenden. Fest umklammerte er den Griff, so dass seine Knöchel gelb hervortraten. Ein ungutes Gefühl breitete sich in seinem Brustkorb aus. Angst hatte er keine. Er war sich sicher, dass die Bengel ihm kräftemäßig unterlegen waren, dazu noch stark alkoholisiert. Aber so etwas wie einen ehrenvollen Kampf, Mann gegen Mann, ohne Waffen, wie zu seinen Zeiten, gab es schon lange nicht mehr, meinte er zu wissen. Der Auslöser für sein Unbehagen war ein Film, der sich vor seinem geistigen Auge abspulte: Die ruckartige Entwendung seiner Tasche und das damit verbundene Davonlaufen, begleitet von kriegerischem Geschrei.

Kämpfen konnte er, zweifelsfrei. Den fast ein halbes Jahrhundert jüngeren Chaoten aber hinterherzurennen, würde zu einem aussichtslosen Unterfangen werden. Während er die ersten vereisten Stufen hinabzugehen begann, hielt er sich noch zur Linken am Geländer fest. Als er jedoch das Getrampel und Gejohle direkt hinter seinem Rücken vernahm, presste er instinktiv seine Tasche an die Brust. Doch schon kurz darauf erkannte er seinen Fehler. Ein kräftiger Schubs gegen seine rechte Schulter ließ ihn den Halt unter den Füßen verlieren. Die rutschige Treppe schien sich ebenso gegen ihn verschworen zu haben. Seine Beine knickten um und augenblicklich durchfuhr ihn ein heftiges Stechen um den linken Knöchel herum. Es war ihm nicht möglich festzustellen, welcher Schmerz der heftigere war, als er schlussendlich mit dem Kinn aufschlug. Die Tasche, welche Sixtus soeben noch wie einen Brustpanzer vor sich wusste, klatschte auf den nasskalten Beton und schlitterte in die Unterführung hinunter. Die Blutstropfen, die vor ihm her spritzten, realisierte er nicht. Sein Blick fixierte einzig und allein das lederne Diplomatenköfferchen mit dem unbezahlbaren Inhalt darin. Noch bevor er den ersten Versuch starten konnte, sich wieder vorsichtig aufzurichten, kam der randalierende Trupp unten in der Unterführung an.

"Hey Opa, auch nicht mehr so standfest wie früher einmal, was?", brüllte ihm der schlaksige Kerl mit der Kurzhaarfrisur provozierend entgegen.

Sein etwas kleinerer Kumpel mit dem pubertär

verpickelten Gesicht stieß dem hochgewachsenen Kumpanen kollegial mit dem Ellenbogen in die Seite und erwiderte: "Meinst du mit Standfestigkeit seine Beine, oder …?"

Er musste den Satz nicht vollenden. Das Gelächter echote durch den Tunnel.

"Meine Tasche", seufzte Sixtus. Die Bemerkungen prallten an ihm ab. Zögerlich nahm er eine sitzende Position ein. Das linke Bein ließ er ausgestreckt. Schwer atmend zeigte er mit dem rechten Zeigefinger in Richtung seiner Tasche, während er unbewusst mit der linken Hand seinen Brustkorb abtastete. Das sich dabei seine Finger leicht rot verfärbten durch das Blut welches immer noch vom Kinn hinabtropfte, nahm er auch weiterhin nicht zur Kenntnis.

"Was hat der Alte denn nur mit dieser blöden Tasche, ey?", lallte der hochgeschossene Wortführer.

Der bisher schweigsame Dritte musterte den merkwürdigen Vorgang mit sorgenvoller Miene.

"Kommt schon, Leute, lasst es gut sein. Ihr seht doch, dass er sich verletzt hat", versuchte er deeskalierend einzuschreiten.

Der aknegeplagte Wichtigtuer hüpfte von einem Bein aufs andere, während er den Einwand zu zerschmettern versuchte.

"Was laberst du denn jetzt hier herum? Verletzt. Der kleine Kratzer da. Ist doch selbst schuld, wenn er sich so breit macht auf den Treppen."

Noch während er sprach, schnappte sich der lange Wortführer die Tasche. Als er sie nicht auf Anhieb zu öffnen vermochte, kniete er sich hin und bearbeitete wutentbrannt den ledernen Behälter mit seinen Fäusten. Dies brachte den Rowdy aber auch nicht weiter. Seine Miene verfinsterte sich. Seine glasigen Augen stierten den Alten an.

"Hey, Opa, rück mal den Code raus", dabei tippte er gegen eines der beiden Zahlenschlösser, die sich zur Linken und Rechten des Griffs befanden. Doch Sixtus dachte gar nicht daran, sein kostbares Gut auszuhändigen. Sicher, den Wert der Dokumente würden diese Banausen nicht erkennen können, würden sie die alten Schriftrollen in die Hände bekommen, aber soweit würde er es erst gar nicht kommen lassen. Seine Atmung stabilisierte sich wieder.

"Jungs, ich würde sagen, es reicht jetzt. Ihr hattet euren Spaß. Kommt schon, gebt mir einfach die Tasche zurück und wir …"

"Wir? Wir was?", unterbrach ihn der scheinbar etwas Jüngere, der immer noch hin und her hüpfte. Sixtus ließ sich nur kurz durch das Getanze irritieren, kombinierte nur einen Augenblick, dass selbiger wohl nicht nur Alkohol konsumiert hatte, und vermutete, dass wohl eine Dosis aufputschender Pillen mit im Spiel waren. Der Dritte, welcher sich optisch durch seinen Kleidungsstil deutlich von den anderen unterschied, stellte sich zwischen den sitzenden Sixtus und den anderen.

"Was ist denn nun? Gib ihm sein Zeugs zurück und lass uns endlich weitergehen, Mensch. Hab doch kein

Bock, ewig in dieser Scheißkälte rumzustehen."

Der Kurzgeschorene trat vor ihn und rammte ihm die Tasche gegen die Brust. Speichel spritze durch die Luft, als er ihm wutentbrannt entgegnete: "Dann verpiss dich doch, du Memme. Gehst mir sowieso schon seit Tagen auf den Sack. Geh doch heim zu deiner Großmutter und versteck dich doch wieder hinter deinen Büchern. Ich hab eh keinen Plan, warum dich der Spinner hier angeschleppt hat." Er deutete dabei mit einem Kopfnicken auf das nimmermüde, tänzelnde Beulengesicht.

"Was denn? Hattest doch auch was davon, oder etwa nicht? Hast es ja nicht gerade abgelehnt, wenn er die Zeche bezahlt hat", protestierte jener.

Der Dritte schwieg. Nickte verstehend und verpasste dem Kleineren eine Ohrfeige mit der flachen Hand, dass das Klatschen von den Wänden widerhallte. Unter normalen Umständen wäre es nun zu tumultartigen Szenen gekommen, doch Sixtus Franck überraschte alle, in dem er sich lauthals Gehör verschaffte. Alle drei starrten ihn verdutzt an.

"DER CODE ...", schrie er den Langen an, "... den wolltest du doch, oder etwa nicht?"

"Klar, hast es dir also überlegt, was? Kluge Entscheidung."

"Dennoch würde ich dir empfehlen, die Tasche nicht zu öffnen ..."

"Hör auf mit der Spielerei", schrie der Lulatsch nun genervt zurück, "entweder du sagst mir jetzt sofort die richtige Kombination oder du wirst es bereuen, dass schwör ich dir, Alter."

Sixtus Franck hob die Hände empor.

"Nun gut, wie du willst. Deine Entscheidung. Die Kombination lautet ...", er wartete verschwörerisch und gab die Ziffern dann fast flüsternd von sich, "... dreimal die Sechs."

Ungläubig riss sein Gegenüber die Augen weit auf, um kurz darauf in einen herzhaften Lachkrampf zu verfallen. Sein Kollege schaute zuerst etwas verwirrt, ließ sich aber schlagartig von dem Gelächter anstecken. Nur der besonnene, ruhige Dritte schaute den Alten mit ernster Miene an, aus der nicht abzulesen war, welche Gedanken ihm in diesem Moment durch den Kopf huschten.

Der Wortführer bekam nur stotternd eine Feststellung hervor: "Du bist mir ja so einer. Dreimal die Sechs. Entweder bist ein perverser Sexsüchtiger oder ein Satansanbeter."

"Ja, Mann, bin ja mal gespannt, was für kranke Sachen du da drin aufbewahrst", mischte sich der nun nicht mehr Tanzende ein.

"Halt mal fest", forderte der Größere ihn auf und hob den Koffer etwas vor seine Brust.

Abwechselnd schaute der Kurzhaarige auf das Zahlenschloss, während er mit den Daumen Zahl für Zahl in die richtige Position brachte, und beobachtete aus den Augenwinkeln den Alten, der ohne irgendwelche Anzeichen der Panik den Vorgang verfolgte.

"So, Luzifer, links und rechts einmal klicken und dann

schauen wir mal, was du da so Geheimnisvolles drin hast. Siehst du, ich bekomme eben alles, was ich will, auch ohne Gewalt anwenden zu müssen. Und weißt du auch warum? Weil ich auf der Straße das Sagen habe", gab der Halbstarke angeberisch von sich.

Sixtus konnte und wollte sich ein böse aussehendes Schmunzeln nicht verkneifen.

"Tu, was du willst, sei das Gesetz", flüsterte er dem Langen zu.

Augenblicklich schossen aus dem schweigsamen, ganz in schwarz Gekleideten Worte der Warnung heraus: "Halt! Lass die Tasche fallen!"

"Bist du bekloppt?"

"Gib ihm einfach diese verdammte Tasche zurück. Da stimmt was nicht."

"Wie kommst denn auf den Scheiß jetzt? Kackst dich an wegen dem abergläubischen Mist oder was?"

Sixtus´ Grinsen wurde breiter. Der panische Gesichtsausdruck des Warnenden extremer.

"Hast nicht gehört, was er soeben gesagt hat? –Tu, was du willst, sei das Gesetz - das ist das Motto des Ordens Argenteum Astrum."

"Kenne keine Orden, und deren Motto juckt mich wenig, aber der Spruch gefällt mir. Siehst ja, ich bin hier das Gesetz, passt also. Und nun verpiss dich endlich oder setz dich neben den Alten und lass mich in Ruhe."

Beulengesicht lachte, während er weiterhin den Koffer hielt. Die Daumen strichen sanft über die golden glänzenden, quaderförmigen Tasten. In diesem

Moment war nichts mehr zu hören außer einem leisen Pfeifen des eisigen Windes. Der Große schaute provozierend und siegessicher in Sixtus′ Augen. Doch der hielt dem Blick nicht nur stand, sondern schien den Augenblick genauso zu genießen. Das Klicken, als die Tasten zum Öffnen des Köfferchens betätigt wurden, war nur eine Millisekunde Hauptbestandteil der Aufmerksamkeit der Anwesenden. Denn der schmerzerfüllte Schrei, der kurz darauf erfolgte, durchzuckte nicht nur den Gepeinigten. Zwei dünne Nadeln schossen aus dem Leder und durchbohrten mühelos die Handflächen des Diebes. Eine durchsichtige, leicht gelbliche Flüssigkeit spritzte nach allem Anschein ununterbrochen aus den Spitzen in mehrere Richtungen. Doch bevor die Halbstarken begriffen, was sie zu sehen oder zu fühlen bekamen, zogen sich die Giftpfeile auch schon wieder zurück ins Gehäuse. Der selbsternannte König der Straßen beglotzte entsetzt seine Handflächen. Sein Adjutant warf die Tasche von sich und wusste nicht so recht, wo er hinschauen sollte. Ruckartig blickte er zu Sixtus, zu dem inzwischen zusammengesackten, röchelnden Anführer, zu dem ehemaligen Weggefährten, der sie noch vor wenigen Augenblicken intuitiv gewarnt hatte, und wieder von vorn. In seiner Panik wollte er etwas aussprechen, doch er fand die passenden Worte nicht, so öffnete und schloss er seinen Mund, als wäre er ein Fisch im Aquarium, welcher an der Wasseroberfläche nach Sauerstoff schnappt. Der in sich Gesackte fasste sich an den Hals. Auch er schien etwas von sich geben zu wollen, doch anstatt irgendwelcher Anklagen in Form einer Schimpftirade versprühte er nur Erbrochenes über die gekachelten Wände der Unterführung. Sixtus Franck nestelte in der Innenseite seines Mantels herum, blickte zu dem schwarzgekleideten Jungen und versuchte sich hochzuhieven.

"Kannst du aufhören, mich so anzustarren? Ich glaube, ich könnte etwas Hilfe gebrauchen", raunzte er den Unschlüssigen an.

"Und was ist mit ihm? Braucht er etwa keine Hilfe?"

Mit ausgestrecktem Zeigefinger deutete er in Richtung des sich Übergebenden.

"Mach dir um den Taugenichts mal keine Gedanken. Dem wird es schon bald wieder besser gehen", beteuerte Sixtus und streckte fordernd seinen Arm aus.

"Sieht mir aber gar nicht danach aus. Was haben Sie ihm da injiziert? Verdammte Scheiße, was sind Sie für ein Psycho? Der brauch ´nen Notarzt ..."

Sixtus winkte ab: "Wenn du mir endlich mal aufhelfen würdest, könnte ich seine Schmerzen lindern. Du kannst aber auch noch eine Weile vor dich hin zetern. Das wird deinem *Kollegen* aber auch nichts nützen."

Der Junge blickte noch einmal zu den beiden anderen, seufzte kurz und ging dann letztendlich einen Schritt auf den Alten zu. Er wusste nicht, was er sonst hätte machen sollen. Eigentlich hatte er ja noch vor wenigen Minuten Partei ergriffen. Er wollte nicht, dass dem Mann Schaden zugefügt wird, in welcher Form auch immer. Doch nun schien dieser gar nicht mehr so unschuldig. Wer weiß, mit wem er es hier zu tun hatte? Was würde mit ihm geschehen, falls er dem Alten aufhelfen würde? Konnte er sich sicher sein, dass er nicht auch noch sein Fett abbekommen würde? Andererseits hatte er ja davor gewarnt, die Tasche zu öffnen, oder etwa nicht? Des Weiteren hatte er sie mehr oder weniger höflich aufgefordert, mit den Späßchen aufzuhören. Vor allem, weil der Alte offensichtlich verletzt auf den Treppen saß. Scheiße aber auch. Er wollte ja nichts Böses von dem Mantelträger. Im Gegenteil, er stellte sich noch schützend zwischen die Kontrahenten, nun musste er darauf hoffen, dass der Mann ihm das zugutehalten würde. Er reichte ihm seine Hand. Sixtus ergriff diese mit einem festen Händedruck, so kraftvoll, dass der Junge die Zähne zusammenbeißen musste, um nicht als Schwächling dazustehen. Als er aufrecht stand, legte er seinen Arm um die Schulter des jungen Helfers. Der Pickelige machte automatisch einen Schritt nach hinten, um außer Reichweite zu sein. Er hatte keinen Grund, dem Alten zu vertrauen, diesen Bonus konnte allenfalls ihr, nun wohl ehemaliger, Mitläufer für sich verbuchen. Manche Freundschaften enden wohl schon vor ihrem eigentlichen Beginn.

"Und nun? Ich hoffe, Sie halten Ihr Wort und tun was gegen seine Schmerzen", forderte der Junge.

Sixtus nickte nur, nahm seinen Arm von dessen Schulter und griff erneut in die Innenseite seines Mantels. Er zog eine durchsichtige Spritze heraus, nahm die Schutzkappe herunter, drückte zweimal kurz, so dass sich das darin befindliche Irgendwas mit einem kaum wahrnehmbaren Zischlaut den Weg ins Freie bahnen konnte, und rammte daraufhin, scheinbar ohne jegliches Mitgefühl, die Nadel in den Unterarm des Kotzenden. Nachdem die Flüssigkeit bis auf den letzten Tropfen seinen Wirt gewechselt hatte, zog Sixtus eine weitere Spritze aus der Innentasche und wiederholte den Vorgang. Sein junger Helfer beobachtete skeptisch die Erste-Hilfe-Maßnahmen und erkundigte sich aufgeregt nach den Injektionen: "Wofür die zweite Spritze?"

Sixtus schmunzelte: "Müsstest du nicht zuerst nach der ersten fragen?"

Der Junge zog die Augenbrauen zusammen: "Ja, Mann, dann sagen Sie mir halt einfach, was Sie ihm da eingespritzt haben?"

Sixtus zog dem Intoxinierten den hochgeschobenen Ärmel der Jacke nach unten, als hätte er Angst, der Speiende und Röchelnde würde in seinem Zustand eher dem Erfrierungstod ausgeliefert sein, als an einer Vergiftung zu sterben. Wandte sich dann aber unaufgeregt an den Fragenden: "Die erste Injektion beinhaltete eine saftige Portion Adrenalin, damit sich das Risiko einer allergischen Reaktion auf das Antiserum der zweiten Spritze minimiert …"

"Antiserum? Gegengift? Verstehe ich das richtig?", polterte der scheinbare Heavy-Metal-Fan, was an dem Motiv des aufgedruckten Bandnamens "Black-Sabbath" auf seinem Kapuzenpulli unschwer zu erkennen war. Sixtus packte die Spritzen weg und humpelte zu seinem Köfferchen, welches sowohl das Objekt der Begierde für den einen als auch Unheilsbringer für den anderen war. Während er sich nach ihr bückte, hakte der Bursche nach: "Hey, was für ein Teufelszeug kam da aus dem Koffer geschossen? Gift?"

Sixtus seufzte scheinbar gelangweilt: "Dachtest du etwa Apfelsaft?", er schüttelte den Kopf, als würde er dem jungen Mann seine Naivität dadurch wegnicken können: "Bring mich zum Taxistand", drängte er.

"Warum sollte ich?", empörte sich der Junge.

"Weil dich deine Fragen sonst für immer quälen werden und hier wirst du keine weiteren Antworten bekommen. Hilfst du mir nun oder soll ich ohne dich loshumpeln?"

Kurz schaute er abwägend zu Boden und erkundigte sich dann nochmals nach seinen *Kollegen,* wohl wissend, dass die gemeinsamen Tage wohl gezählt waren, auch wenn sie ohnehin nur von kurzer Dauer gewesen waren. Als ihm Sixtus Franck erneut bestätigte, dass der Kränkelnde in ein paar Tagen wohlauf sein würde und der andere nur einen Schock zu überstehen hätte, gesellte er sich an die Seite des Alten und war ihm beim Gehen behilflich, als seien sie Soldaten auf dem Wege in die improvisierte Krankenstation unweit der Frontlinie. Nur noch aus den Augenwinkeln erhaschte er einen Blick auf Pickelgesicht, welchem sämtliche Farben aus dem Gesicht entwichen waren und sein angsterfülltes

Antlitz sich dem in den Tunnel vorfressenden Nebel anzupassen schien. Kreideweiß und mit Schweißperlen benetzt, versuchte er seinem Kumpel auf die Beine zu helfen, um die Unterführung in entgegengesetzter Richtung zu verlassen. Als Sixtus und sein Gehilfe um die Ecke bogen und die ersten Stufen hinauf in Richtung Bahnhofsgebäude in Angriff nahmen, zuckten beide kurz zusammen und zogen ihre Köpfe ein. Zwei Raben schossen im Tiefflug über sie hinweg, hinein in die Unterführung, den 90 Grad Winkel in perfekter Flugbahn meisternd, ohne der gegenüberliegenden Wand gefährlich nahe zu kommen.

"Himmel noch mal, was ist denn in die gefahren?", platzte es aus dem Jungen heraus.

"Hmm …", grummelte Sixtus und zog die Augenbrauen zusammen, als würde er etwas in Betracht ziehen, von dem der Bursche nichts ahnen konnte.

Nach den letzten Stufen umrundeten sie die Bahnhofshalle, welche um diese Uhrzeit geschlossen war. Vorbei am angrenzenden Dönerladen, der die angebotenen Fleischspieße nur noch auf Sparflamme erwärmte und dessen Besitzer wohl auch bereit für den wohlverdienten Feierabend war, nur ein einzelner Gast saß vor dem blinkenden Spielautomaten und knabberte seine Fingernägel herunter. Um die Ecke trafen sie zwei wild gestikulierende Männer an, die vor der Drehscheibe, der hiesigen Bahnhofskneipe, alkoholisiert etwas auszudiskutieren hatten. Thema des

Disputs musste wohl eine Angebetete sein, deren Name Ute lautete, wie unmissverständlich rauszuhören war. Dies kümmerte Sixtus nicht im Geringsten. Frauen waren in seinen Augen wunderbare Wesen, er wusste um die Vorzüge einer Liebschaft, aber er kannte auch die Hindernisse und Komplikationen, die sich damit auftun konnten, vor allem, wenn man sich mit Dingen beschäftigte, mit denen er seit einer gefühlten Ewigkeit zu tun hatte. Er hatte sich vor langer Zeit entscheiden und Prioritäten setzen müssen, auch wenn es anfangs noch Kopfzerbrechen bereitet hatte, wusste er doch, dass er eigentlich keine wirkliche Wahl gehabt hatte. So ging er seine Wege alleine, immer dem höheren Ziele dienend und die einzige weibliche Gefährtin, wenn man es so sehen wollte, hielt seinen Antiquitätenladen, des äußeren Scheines wegen, am Laufen, so dass er sich um die wirklich wichtigen Angelegenheiten kümmern konnte. Nach einigen wenigen weiteren Schritten klopfte er an die Scheibe der Beifahrertür eines bereitstehenden Taxis. Der Fahrer, der wohl kurz weggedöst war, schoss augenblicklich hoch und beugte sich hinüber, um die Türe von innen zu öffnen. Sixtus beugte sich vor und lugte in das Taxi hinein: "Guten Abend …", er blickte kurz stirnrunzelnd auf seine Armbanduhr und korrigierte, "… besser gesagt, guten Morgen. Wir bräuchten ein Taxi".

Der unrasierte, südländisch aussehende Fahrer winkte sie herein und stellte die Lehne seines Fahrersitzes ein, welche er zwecks der kurzen Erholungspause in halb liegende Position verstellt hatte: "Klaro, kommst Du. Pause vorbei".

Als er sah, wie der Jüngere dem Herrn dabei behilflich war, in den Wagen zu steigen, fiel ihm auf, dass der Alte wohl gestürzt sein musste: "Musst du Krankenhaus, oder was? Hast du Blut bei die Kinn. Musst du nehen, hä?", erkundigte er sich scheinbar besorgt.

"Ach das, nein, nein. Ist nicht der Rede wert. Nur ein kleiner Kratzer."

"Okay, du bist Kunde, bist du Kenig", gab er mit unverkennbarem Akzent zu verstehen.

Sixtus nickte zufrieden. Sein Adjutant, welcher inzwischen auf der Rückbank Platz genommen hatte, konnte sich einen Spruch nicht verkneifen.

"Wow, zwei Könige innerhalb weniger Minuten. Ein kotzender König der Straßen und ein humpelnder König, der sich im Taxi chauffieren lässt."

Der Taxifahrer zündete den Motor und erkundigte sich nach dem Zielort. Sixtus Franck nannte ihm selbigen.

"Ach, ich wissen. Schloss-Straße 8. Ist diese Antikladen. Meine Bruder Yusuf haben Kebabbude in Altstadt. Kennst du, oder?"

Der Antiquitätenhändler ignorierte die Frage nach dem orientalischen Schnellimbiss, gab ihm aber gerne Auskunft über seinen Betrieb und verleugnete nicht, dass der Verkauf dieser Liebhaberobjekte seit Jahren rückläufig sei. Da man sich aber bei Zeiten auf das Restaurieren hochwertiger Möbel aus den letzten vier

Jahrhunderten spezialisiert habe, seien die Kunden bereit, einen angemessenen Preis zu bezahlen. Davon ließe es sich doch ganz gut leben. Als Sixtus das Fachsimpeln begann und die Worte: Renaissance, Barock, Klassizismus fielen, verlor der stumme Zuhörer auf der Rückbank alsbald das Interesse und starrte durch die Scheibe hinauf zum Sternenhimmel. Was hatte er hier eigentlich verloren? Da die Nacht nicht so zu verlaufen schien, wie er erhofft hatte, fragte er sich, ob er sich gleich auf den Nachhauseweg machen oder vielleicht doch noch irgendwo nach einem Pub in der Altstadt Ausschau halten sollte. Ein Absacker wäre eine Option, da er immer noch keinen Ausbildungsplatz in Sicht hatte und morgen wieder mal ausschlafen können würde. Keine fünf Minuten später parkte der Fahrer sein Gefährt auf den Pflastersteinen innerhalb der Leonberger Altstadt.

Sixtus fischte einen 10 Euro-Schein aus seinem ledernen Portemonnaie und übergab ihn dem redseligen Chauffeur mit den Worten, der Rest wäre für ihn.

"Danke, Maestro. Hier nimmst du Visitenkarte. Ist meine private Nummer. Wenn brauchst du Taxi, rufst du Orhan."

"Orhan, hast mir vielleicht auch eine? Bist schon lange Taxifahrer?", erkundigte sich der Bursche von hinten.

"Keine Problem, Kollega, hier Karte auch für dich. Ich schon zwanzig Jahren fahren Taxi unfallfrei. Bin ich die beste Fahrer von hier bis Istanbul", verabschiedete sich der Türke wichtigtuerisch.

Vor dem Antiquitätenladen reichte der Junge Sixtus die Hand zum Abschied: "Ich denke, die paar Stufen schaffen Sie nun alleine, oder? Ich werde dann wohl …"

Sixtus unterbrach ihn: "Warte einen Moment …"

Kapitel 6

Erneut vernahm ich den Klang der Kirchenglocken und konstatierte, dass es 2:30 Uhr in der Nacht geschlagen hatte. Ich vernahm Stimmen, Geschrei und Gekreische aus den benachbarten Straßen und konnte mich glücklich schätzen, bisher nicht auch noch von weiteren nachtaktiven Personen entdeckt worden zu sein. Das junge Fräulein kam mir, einen Wimpernschlag bevor sie den Ort meiner Beugehaft verlassen hatte, wie die Schwester des *Erlösers* persönlich vor. Wobei ich hurtig in dem Gedankenareal meiner Erinnerungen kramte, ob mir dieser jemals im Jenseits begegnet war, und feststellen musste, dass er wohl kein Bedürfnis verspürte, meine nähere Bekanntschaft zu machen. Woran das wohl gelegen haben mochte? Ich beschloss, diesen Umstand auf die übergroße Anzahl der sich dort befindlichen Seelen zu schieben. Auch als ein mit der Allmächtigkeit Ausgestatteter wollte dieser sich wohl ausreichend Zeit für die persönlichen Einzelschicksale nehmen und deswegen musste ich mich wohl noch auf der Warteliste befunden haben. Wenn ich es näher betrachte, muss ich ja eingestehen, dass Zeit, dort wo ich herkam, in unbegrenzter Menge vorhanden ist. Apropos Zeit, ich klebte also immer noch an diesem länglichen Wegweiser und die Warterei auf meine, wie mir schien, nicht gerade wortkarge Retterin kam mir so langsam aber sicher wie eine Ewigkeit vor. Und glauben Sie mir, mit der Ewigkeit kenne ich mich ja bestens aus. Wie aus dem Nichts meldete sich mit lautstarkem Pfeifen auch wieder der Wind zurück und das Schneegestöber behinderte meine Sicht. Durchaus denkbar, dass mich dieser Aufruhr der Elemente alsbald in die Knie gezwungen hätte, was folgerichtig zwangsweise auch meiner Befreiung gleichgekommen wäre, doch die agile Blitzlichtgewitterschnecke kam dieser Eventualität schlussendlich zuvor. Freudig nahm ich ihren Anblick zur Kenntnis. Und voller Neugierde musterte ich sie, wie sie leichtfüßig, mit einem mintgrünen Plastikbehälter bewaffnet näher kam. Schon von weitem reckte sie das dampfende Teil in die Höhe, noch verstand ich nicht so recht, was sie mir damit sagen wollte, doch das Rätsel sollte bald gelöst werden. Als sie dann in Reichweite vor mir stand, klärte sie mich auf.

"Also, ich denke mal, damit können wir dich loseisen", sie schmunzelte und hob mir den Wasserkocher vor die Nase.

"Ich denke mal, die Temperatur dürfte passen und ich werde dich nicht verbrennen."

Sie setzte sanft oberhalb meiner Zunge an, ließ vorsichtig das warme Wasser an der Eisenstange hinab gleiten und wie von Zauberhand berührt, lösten sich die Eistropfen samt meiner Zunge von dem Straßenschild. Ich muss wohl ziemlich dämlich ausgesehen haben, als ich die Funktion meiner Zunge testete, indem ich sie wie ein Reptil durch die Luft kreiseln ließ. Zumindest verrieten mir die Grimassen meiner Retterin, dass es wohl ziemlich unnatürlich ausgesehen haben musste. Als ich schlussendlich feststellen durfte, dass mein neugewonnener Körper wohl keine bleibenden Schäden davon getragen hatte, standen wir noch einige Momente Auge in Auge und wägten wohl beide ab, wie es nun weitergehen sollte. Apropos Gehen, ich für meinen Teil wusste immer noch nicht wohin und schaute kurz umher, ob sich irgendwo ein Zeichen ankündigen würde, wo ich meinen Dienst anzutreten hätte. Doch, welch Wunder, nichts dergleichen war zu erkennen. Also konzentrierte ich mich auf die barmherzige Samariterin und ertappte mich dabei, wie sich in mir die Frage aufdrängte, was sich wohl unter ihrer tiefliegenden Kapuze verbarg und ob ihr Äußeres mich wohl genauso zu verzaubern im Stande wäre wie ihre heisere Stimme. Selbige durchschnitt die kalte Luft und beendete das Schweigen.

"Nun, das hätten wir wohl geschafft. Hast du Schmerzen? Soll ich dir ein Taxi rufen? Möchtest du sicherheitshalber doch zum Arzt? Geht es dir gut?"

Sie bombardierte mich mit Fragen, auf die ich teils mit Nein, teils mit Ja erwidern wollte, was dann wohl dazu führte, dass ich höchstwahrscheinlich erneut bescheuert ausgesehen hätte, denn ich wusste mir nicht besser zu helfen, als aufs Heftigste den Kopf verneinend zu schütteln und fast gleichzeitig bejahend zu nicken. Sie musste lachen. Welch wunderschöner Klang.

"Entschuldige, das waren wohl ein paar Fragen zu viel auf einmal".

Dies konnte ich nun mit einem entschlossenen, selbstsicheren Nicken bestätigen. Na also, ging doch. Es wurde auch allerhöchste Zeit, ein etwas selbstbewussteres Auftreten an den Tag zu legen, auch wenn es mitten in der Nacht war.

"Nun? Alles in Ordnung mit dir?", fragte sie noch einmal nach.

Ich räusperte mich. Augenblicklich fiel mir ein, dass ich meine eigene Stimme im Hier und Jetzt ja auch noch nicht vernommen hatte. Kräftig, männlich, sollte sie wirken, doch scheinbar spielte mir meine Nervosität einen Streich und ich hauchte mehr, als das ich sprach: "Alles gut. Danke der Nachfrage".

Ich musste wohl immer noch ziemlich hilflos gewirkt haben, denn kaum hatte ich die Worte gesprochen, zog sie ihre Kapuze herunter und verzog die Augenbrauen und die Mundwinkel. Sie schien zu grübeln.

"Hmm. Na, ich weiß nicht so recht. Hör zu, es gehört zwar nicht zu meinen Angewohnheiten, wildfremde Männer zu mir einzuladen, und schon gar nicht um diese Uhrzeit, aber angesichts der Situation und deiner angeschlagenen Stimme würde ich dir zumindest eine heiße Tasse Tee anbieten wollen. Ich wohne gleich um die Ecke."

Ich gestehe, ich war verblüfft. Nicht nur der Einladung wegen, sondern vor allem, weil ich sie ohne Kopfbedeckung betrachten durfte und feststellen musste, dass ich so einen zauberhaften Anblick doch nicht erwartet hatte. Ich fragte mich, warum mir in meiner Seelenwelt nichts dergleichen begegnet war? Doch ich musste nicht allzu lange nachdenken, es lag wohl daran, dass ich zu sehr mit dem Nichtstun beschäftigt gewesen war und mich in einer Art Dauertrance befunden hatte.

"Hallo? Noch da?", riss sie mich aus meinen Überlegungen.

"Verzeihung. Ich wollte nicht unhöflich erscheinen. Ich würde Ihr Angebot gerne annehmen", hauchte ich.

Nun war sie es, die nickte, doch ihr erneutes Verziehen der Mundwinkel gab mir zu verstehen, dass sie selbst nicht allzu sicher war, ob sie hiermit eine kluge Entscheidung getroffen hatte. Nichtsdestotrotz forderte sie mich zum Mitkommen auf. Sie ging voraus und ich folgte ihr. Keine zehn Häuser weiter blieben wir vor dem Eingang eines mehrstöckigen Fachwerkhauses stehen und meine Gastgeberin kramte ihre Schlüssel aus der Hosentasche. Sie schien trotz ihrer wetterfesten Kleidung zu frieren, was an ihrer leicht zitternden Hand unschwer zu erkennen war, als sie die Haustüre aufschloss. Mir dagegen schien die Kälte nach wie vor nichts anhaben zu können? Ich fragte mich, wie es denn überhaupt möglich gewesen sein konnte, an dem Schild festzukleben, denn die Innereien meiner äußeren Hülle hatte ich keineswegs präzise manifestiert und eigentlich war es somit ein unlogischer Vorgang.

Musste wohl an meiner inneren, unbewussten Überzeugung gelegen haben, dass dies ein normaler Vorgang war als menschliche Kreatur, die ich aber doch eigentlich gar nicht war. Das Krachen, als die schwere Eingangstür ins Schloss fiel, ließ mich meine Überlegungen vergessen. Ich betrachtete neugierig das modernisierte Treppenhaus und verglich in meinem Geiste die Behausungen der damaligen Epoche, als ich zu jenen Zeiten in dieser Dimension als Mensch umherwandelte. Ich musste nicht lange grübeln, um festzustellen, dass sich in Sachen Komfort doch einiges getan hatte. Im zweiten Stock blieben wir vor einer Wohnungstüre stehen. Aus dem Inneren drang Hundegebell an meine Ohren. Ein Vierbeiner schien sich wohl auch zu dieser nächtlichen Stunde sehr über die Rückkehr seines Frauchens zu freuen. Mit meiner Vermutung lag ich richtig. Kaum war die Türe geöffnet, sprang die Miniaturausgabe eines Hundes an der hübschen Blondine auf und ab. Doch erstaunlicherweise schien dieser nervtötende Kläffer sich an meiner prachtvollen Erscheinung etwas weniger zu ergötzen. Nun, ehrlich gesagt, rief meine Präsenz wohl eine etwas übertriebene Art der Aggression in dem Hund hervor, wie er mir zähnefletschend unmissverständlich zu verstehen gab.
"Komisch, was hat er denn? Spartacus, beruhige dich. Sonst ist er gar nicht so verrückt."
Sie nahm den knurrenden Winzling in ihre Arme und verfrachtete ihn schnurstracks in ein Nebenzimmer. Das Kratzen an der Türe und nimmer enden

wollendes Bellen verriet mir, dass der Köter damit ganz und gar nicht einverstanden war. Mir dagegen sollte es recht sein.

Wortlos stand ich in dem spärlich, aber geschmackvoll möblierten Wohnzimmer. Die Wände, schlicht in Weiß gehalten, waren nur mit wenigen Bildern und Fotos behangen. Sie forderte mich höflich auf, es mir auf der schwarzen ledernen Couch gemütlich zu machen.

"Sollten wir uns nicht allmählich mal vorstellen? Ich bin Katarina. Kannst mich Kati nennen."

Ich drückte die mir entgegengestreckte Hand und achtete sorgsam darauf, nicht zu fest zuzudrücken, da ich ja noch immer nichts fühlte. Es musste wohl gut gegangen sein, schließlich lächelte sie mich an.

"Und Du? Scheinst ja nicht sehr gesprächig zu sein. Möchtest mir deinen Namen denn nicht auch verraten?"

Sicher wollte ich das. Das Problem war nur, dass ich ja gar keinen hatte. Doch spontan fiel mir ein Name ein, der passend erschien.

"Verzeihung. Toth ist mein Name", erwiderte ich und warf schnell noch etwas hinterher, "... ähm ... Mister Toth". Da es mir, sobald ich den Namen ausgesprochen hatte, selbst seltsam vorkam, sich mit so einem Vornamen vorzustellen. Höchstwahrscheinlich gab es diesen nämlich gar nicht. Sie wirkte auch tatsächlich etwas irritiert und fragte nach: "Mister Toth also? Hmm... passt zumindest zum Outfit. Und einen Vornamen gibt's auch, oder …?"

Mist, ich musste dringend an meiner Taktik feilen. Ich durfte mich definitiv nicht so zugeknöpft geben, ansonsten wäre es nur eine Frage der Zeit, bis sie mich hinauswerfen und eventuell sogar die Polizei verständigen würde, was noch schlimmer wäre. Doch mir wollte einfach kein passender Name einfallen. Doch intuitiv machte ich dann wohl doch das Richtige und brachte die Konversation langsam, aber sicher ins Rollen.

"Welcher Name würde denn zu mir passen? Was glauben Sie?"

Das Spiel schien ihr zu gefallen. Sie schmunzelte und hob die Augenbrauen.

"Hmm… Ich soll also raten. Okay, bin dabei, aber duze mich bitte. Das förmliche Sie ist nicht so meine Sache."

Sie musterte mich von oben nach unten und rieb sich mit der offenen linken Hand nachdenklich über den Mund.

Schließlich begann sie das Ratespiel: "Kevin? Walter? James?"

Nachdem ich jedes Mal den Kopf geschüttelt hatte, hob sie ihre Hände und gab auf. In der Zwischenzeit konnte ich mir einen Namen überlegen der mir zusagte und nannte ihn der Blondine.

"Ich heiße Vincent"

"Ach ja, na, dann sag ich mal: Sehr erfreut, Vincent Toth."

"Ganz meinerseits", erwiderte ich knapp.

Sie stand noch immer und ermahnte den weiterhin kläffenden Spartacus durch die geschlossene Tür und zum ersten Mal seit unserer kurzen Bekanntschaft durfte ich ihre wütende Stimme vernehmen. Was soll ich sagen, die gefiel mir genauso gut. Ich sollte wohl langsam meine Begeisterung etwas zügeln, durchfuhr mich ein Gedanke. Es wäre mit Sicherheit nicht ratsam, in dieser Dimension eine junge Frau zu bezirzen, auch wenn sie noch so reizvoll auf mich wirken mochte.

"Nun, was für einen Tee hättest du denn gerne? Ich hab Kamille, Hagebutte oder Früchte."

Es war mir selbstverständlich absolut gleichgültig, welche Sorten sie vorrätig hatte, da ich nicht mal wusste, wie ich das Getränk verdauen sollte. Wahrscheinlich musste ich doch noch mein Körperinneres etwas detaillierter manifestieren, das Problem dabei war nur, dass ich keine allzu große Ahnung davon hatte, wie ein Körper zu funktionieren hat. Ich entschied mich für die einfache, aus medizinisch-biologischer Sicht nicht ganz korrekten Variante. Mund auf, Flüssigkeit rein, ein Sammelbecken in der Magengrube als Zwischenspeicher und um das Wasserlassen würde ich mich später kümmern. Es würde mich schon niemand röntgen oder aufschneiden wollen, um nachzuprüfen ob in meinem Körperinneren alles den natürlichen Richtlinien folgte.

"Ich nehme denselben wie du auch, mach dir wegen mir keine weiteren Umstände bitte."

"Gut, wie du möchtest. Also Früchtetee", sagte sie und verschwand in der angrenzenden Küche.

Ich wollte die Wartezeit nicht nutzlos verstreichen lassen und machte mich unbemerkt auf ins Nebenzimmer. Spartacus raubte mir nämlich allmählich den letzten Nerv mit seinem protestierenden Gekläffe. Kaum hatte ich die Tür einen Spaltbreit aufgeschoben, verbiss er sich an meiner Hose. Ich schüttelte ihn mit meinem Bein kräftig durch, doch dieser kleinen Ratte schien das erstaunlich wenig auszumachen. Nun gut. Ich wusste mir schon immer gut zu helfen. Bis auf den kleinen, nun nicht mehr erwähnenswerten Vorfall mit dem Straßenschild. Auch dem größten Genie unterläuft schließlich mal ein Fehler oder er findet sich nicht auf Anhieb in einer ungewohnten Situation zurecht. Zurück zu Spartacus, dem Plagegeist. Ich hatte meine Manifestierungen also soweit im Griff und veränderte blitzschnell mein Äußeres in einen ausgewachsenen Schäferhund und knurrte diesen Zwergrehpinscher drohend an. Wusste ich es doch. Der kleine Vierbeiner mit dem großen Namen zog feige seine kupierte Rute ein und verzog sich winselnd in die Ecke in sein Körbchen. Na also. Ruhe im Stall. Ich begab mich zurück auf die Couch. Katarina hatte von meiner kurzen Stippvisite nichts mitbekommen. Kurz darauf brachte sie den frisch gebrühten Tee zu Tisch und bot mir dazu noch ein paar Kekse an. Ich lehnte dankend ab. Mein Verdauungstrakt war noch nicht präzise genug ausgebaut, um auch noch etwas Nahrung zu mir nehmen zu können, und auf weitere Manifestierungen hatte ich im Moment keine Lust. Ich hatte das komische Gefühl, als würde es mich ermüden. Ein Zustand, den ich seit längerem in dieser Form nicht mehr empfunden hatte. Dieses hübsche Käferlein setzte sich mir gegenüber auf den Sessel und während es mit seiner Atemluft versuchte, den Tee etwas abzukühlen, schaute es mir tief in die Augen. Sie hatte eindeutig einige Fragen. Was mich nicht verwunderte, wer hätte die nicht in solch einer Situation. Ich wiederum hatte ganz andere Fragen. Wie konnte ich herausfinden, wen ich in die andere Dimension zu begleiten hatte? Würde mir jemand Bescheid geben? Und so langsam ertappte ich mich dabei, wie sich die Frage aufdrängte, wie intensiv ich diese Bekanntschaft weiterverfolgen konnte und durfte.

"So, dann erzähl mal. Warst wohl auf einer Faschingsparty, oder?"

Ich musste improvisieren und mir schnell eine Story zurechtlegen. Was mir nicht sonderlich schwerfiel. Quatschen konnte ich schon immer gut.

"Ich war auf dem Weg dahin, aber dann lächelte mich dieses Schild an, und so verstrich der Abend, bis du letztendlich aufgetaucht bist."

"Was? Wie lange hast du denn dort gestanden?"

Das war nicht die Art von Fragen, die ich beantworten wollte, aber es blieb mir nichts anderes übrig und ich musste wohl oder übel da durch.

"Keine Ahnung. Ich schätze mal, so in etwa eine

Stunde", schummelte ich.

Selbstverständlich wusste ich anhand der Kirchenglocken ganz genau, dass ich erheblich länger dort gestanden hatte, aber dies hielt ich für nicht erwähnenswert.

Katarina hielt allein diese Zeitangabe schon für respekteinflößend, wie sie durch einen Pfeifton mit gespitzten Lippen zu verstehen gab. Ich dagegen befand ihren roten Lippenstift als bemerkenswert. Ich musste unbedingt das Gespräch in eine andere Richtung lenken.

"Und woher kommst du so spät in der Nacht?" fragte ich.

"Von einer Besprechung. Berufliche Angelegenheit", sie nickte, um ihre Aussage zu untermauern, während sie mit beiden Händen ihre Tasse umklammerte.

"Eine Frau, die so spät noch arbeiten muss?", wunderte ich mich.

"Ist doch in der heutigen Zeit nichts Ungewöhnliches mehr", entgegnete sie schulterzuckend.

Touché. Ich wusste zwar erheblich viel über vergangene Zeiten, doch die aktuelle Lage war unbekanntes Territorium für mich. Möglicherweise Krankenschwester, mutmaßte ich. Kati verneinte.

"Freie Journalistin. Ich schreibe für verschiedene Zeitungen mehr oder weniger belangloses Zeugs. Der richtige Durchbruch mit einer wirklich wichtigen Story ist mir leider noch nicht gelungen. Bin wohl bisher immer zur falschen Zeit am falschen Ort gewesen".

"Deswegen hattest du die Kamera also sofort

griffbereit".

Zum Kuckuck aber auch. Ungewollt lenkte ich das Gespräch erneut in die falsche Richtung.

Katarina musste lachen: "Klar, die habe ich immer dabei. Man kann ja nie wissen. Eigentlich dachte ich mir ich könnte einen kleinen Bericht für die Klatschspalten über dich verfassen".

Ich protestierte. Dies war bestimmt nicht vorgesehen und wenn Suriel davon Wind bekommen würde, könnte ich mit was weiß ich für einer Strafe rechnen.

"Überzeuge mich mit ein paar triftigen Argumenten, warum ich das nicht veröffentlichen sollte? Ich muss schließlich auch schauen, wo ich bleibe".

Es war wirklich nicht einfach zu durchschauen, ob sie es ernsthaft in Betracht ziehen würde, eine Story über mich inklusive der peinlichen Bilder zu veröffentlichen. Doch welche Möglichkeiten hätte ich gehabt, ihr das auszureden? Ich musste vorerst wohl auf Zeit spielen.

"Gib mir zumindest zwei Tage, um mir darüber Gedanken zu machen", bat ich.

"Mal schauen. Erzähle mir über dich. Bisher weiß ich nur, dass Straßenschilder eine magische Anziehungskraft auf dich ausüben und du Kekse eher ablehnst".

Sie provozierte mich auf schelmische Art und Weise. Musste am Beruf liegen. Eine Taktik womöglich, um der betreffenden Person Informationen zu entlocken, die sie in ausgeglichenem Zustand eher für sich behalten hätte.

"Was möchtest du denn wissen?"

"Na, zum Beispiel, wo du herkommst? Bist du von hier?"

Da war schon das nächste Dilemma. Wo befand ich mich denn überhaupt? Ich musste mich nochmals dumm stellen. Auch wenn dies ein riskantes Unterfangen war.

"Von hier?", fragte ich nach.

"Na, du bist mir ja einer. Ja, von hier. Bist du aus Leonberg oder Umgebung?"

Sie schien leicht genervt. Ich durfte es nicht auf die Spitze treiben. Doch wo um Himmels Willen lag Leonberg? Mir fiel dazu einfach nichts ein. Außer dass es sich Deutsch anhörte.

"Nein, ich komme aus Boston, Massachusetts."

Diesmal ging ich so gut es eben ging auf Nummer sicher. Ich hatte ja keinen blassen Schimmer, ob die Vereinigten Staaten von Amerika noch existierten und in welchem Jahr ich mich befand. Aber Boston und Massachusetts wird es mit ziemlicher Wahrscheinlichkeit noch geben, auch wenn sich möglicherweise die politische Situation verändert haben mag.

Sichtlich überrascht hakte die hübsche Journalistin nach: "Okay. Ein US-Amerikaner also und woher sprichst du dann so gut Deutsch?"

Das waren ja gleich zwei brauchbare Informationen, wie ich erleichtert feststellen durfte. Die USA existierten also noch immer und ich befand mich in Deutschland. Nun musste ich mogeln, was ihre Frage betraf. Doch auch ich wunderte mich nun, dass ich die Sprache verstehen konnte und sie auch noch scheinbar perfekt beherrschte.

Dies musste ein nicht abzulegendes Überbleibsel aus dem Bardo sein. Wo man sich auch mit jedem ohne einen Dolmetscher verständigen konnte. Ich grämte mich nun doch etwas, dass ich meine Zeit dort scheinbar sinnlos verplempert hatte.

"Ich wuchs als Kind in Heidelberg auf. Mein Vater war hier stationiert."

Ich erinnerte mich daran, dass Elvis in Deutschland stationiert war. Auch wenn es meinem Wissen nach ein Ort Namens Friedberg gewesen sein musste, so war Heidelberg doch der erste Gedanke der sich mir aufdrängte und den ich herausposaunte. Mir war klar, dass ich bei meinen Erklärungen nicht mehr allzu sehr ins Stocken geraten durfte. Doch ich glaubte zwar Sympathie, aber auch Skepsis in Katarinas Mimik ablesen zu können.

"Und was hat dich hierher verschlagen? Bist du zu Besuch? Wirst ja wohl kaum wegen des Faschings hierher gereist sein", hakte sie nach.

"Ich trete möglicherweise einen neuen Job an", erklärte ich und dies war ja ziemlich nahe an der Wahrheit.

"In welchem Bereich? Als was?"

"Seelsorger wäre, glaube ich, eine ziemlich passende Beschreibung"

"Das ist doch kein Beruf, indem man Geld verdient? Oder sehe ich das falsch. Du wirst doch kaum ein

Priester sein. Zumindest wäre dein Kleidungsstil sehr ungewöhnlich für solch einen", wunderte sich die junge Frau.

"Sagen wir mal so. Ich gehöre keiner Kirche an, aber ums Geld verdienen muss ich mir keine Gedanken machen. Ich bin rundum versorgt."

"Und für wen arbeitest du dann? Hört sich ja sehr außergewöhnlich an. Na, zumindest passt das zu dir. Das Außergewöhnliche, meine ich."

"Meine Auftraggeber sind weltweit vertreten, aber halten sich bedeckt. Das Wichtigste ist Ihnen das Seelenheil eines jeden Menschen. Mehr darf ich dir dazu leider auch nicht sagen."

Katarina Sadlowski schüttelte irritiert ihren Kopf. Es erschien ihr doch alles recht merkwürdig. Zuerst dachte sie, sie hätte einen karnevalswütigen Besoffenen aus einer peinlichen Lage befreit und rechnete mit einer kleinen Story, doch mit jeder weiteren spärlichen Information schien die Sache komplizierter zu werden. Doch eines musste sie sich eingestehen, auch wenn ihr das nicht so recht gefallen wollte. Vincent, falls das sein richtiger Name sein mochte, strahlte etwas Magisches aus. Irgendetwas hatte er an sich, das nicht nur ihre Neugierde weckte. Sie ertappte sich dabei, wie sie zum ersten Mal versuchte, seinen Körperbau zu mustern. Und ebenso versuchte sie ihn sich ungeschminkt vorzustellen. Verdächtige Anzeichen waren das, die sie, gedanklich sich selbst ermahnend, zur Seite zu schieben versuchte.

"Und wo übernachtest du heute? In einem Hotel, oder?"

Ich runzelte die Stirn. Das war ein Aspekt, den ich im bisherigen Gespräch noch nicht bedacht hatte. Vor allem, weil ich ja seit einer gefühlten Ewigkeit nicht wirklich geschlafen hatte. Nun aber spürte ich, wie meine Augenlider schwerer wurden.

"Ehrlich gesagt ging es heute drunter und drüber und ich wurde durch unvorhersehbare Umstände davon abgehalten, mich um ein Schlafgemach zu kümmern."

Katarina schoss hoch und hob in einer abwehrenden Haltung die Hände vor die Brust.

"Hou, hou, jetzt aber mal langsam. Das kommt mir jetzt aber doch etwas spanisch vor. Glaub bloß nicht, dass ich dich hier pennen …"

Den Rest verstand ich nicht mehr. Eine Müdigkeit mit solcher Intensität übermannte mich, wie ich sie nie zuvor erlebt hatte. Ich erinnerte mich später nur an verworrene Träume, in denen es um schwarze Raben ging, die mich überall hin verfolgten und ich außerstande war, ihnen zu entkommen.

Kapitel 7

Nachdem Sixtus die Alarmanlage wieder eingeschalten und die Eingangstür zum Antiquitätenladen von innen verriegelt hatte, betätigte er den Lichtschalter für eine einzelne Deckenlampe, welche nur spärlich für Aufhellung sorgte. Der 6-flammige Kronleuchter, der kurz vor einem Durchgang zu weiteren Räumlichkeiten von der Decke hing, schien nur eine funktionierende Glühbirne zu besitzen. Die Umrisse der Kostbarkeiten blieben im Halbdunkel nur schemenhaft zu erahnen.

Während Sixtus durch den vorderen Bereich humpelte, erklärte er dem Jungen, nach welchem Muster die Porzellanfiguren, Uhren, Tischleuchten, Bilder, Möbel und vielen anderen Wertsachen, zur Präsentation aufgestellt wurden.

Gelangweilt folgte er dem Alten: "Hören Sie, ich glaube ja, dass dieser Krempel einiges wert ist. Mich interessiert das aber kein Stück. Nichts für ungut, aber was soll ich hier?"

"Sagte ich dir doch bereits am Bahnhof", entgegnete Sixtus trocken, "ich bin mir sicher, dass ich doch noch dein Interesse wecken kann, oder hast du plötzlich keine Fragen mehr?"

Sicher hatte er die, doch verloren sie immer mehr an Gewichtigkeit. Natürlich wollte er wissen, warum der Alte sein Köfferchen auf brutalste Art und Weise beschützte, aber nachdem er erkennen musste, dass er von seinen Kollegen nur ausgenutzt wurde, lag ihm nicht mehr sonderlich viel daran, wie es ihnen erging. Sie würden schon nicht sterben, dies traute er dem Alten rein gefühlstechnisch dann doch nicht zu und somit wäre ja alles okay. Der nächste Raum war nicht weniger vollgestopft so dass es nicht möglich gewesen wäre, nebeneinander zwischen den proppenvollen Tischen hindurchzuschreiten. Zur Rechten konnte man einen Treppenaufgang erahnen. Weiter vorne ein kreisrunder Torbogen. Der Junge wunderte sich, dass der Laden von außen erheblich kleiner erschien, als er tatsächlich war. Der Antiquitätenhändler keuchte und stützte sich kurz an einer mannshohen Statue ab, welche wohl irgendeine Griechische Gottheit darstellen sollte. Eine langhaarige, Fackel tragende Figur. Genervt schüttelte der Junge den Kopf, beschloss nun aber spontan, sich auf die Geschehnisse einzulassen, und sollte der alte Spinner ihm nichts wirklich Interessantes vorlegen, würde er sich höflich verabschieden und doch noch eine Kneipe aufsuchen. Er wünschte sich nur, Sixtus würde mal einen Gang zulegen.

"Lass uns nach oben gehen, in mein Büro", forderte ihn der Keuchende auf, indem er zu den Treppen deutete.

Der Junge schwieg und folgte ihm. Nachdem sie die ersten Stufen erklommen hatten und der Gang einen Knick nach links machte, drang ein schwacher Lichtschein zu ihnen hinab und warf Schatten an die

Wand. Der rote Teppich dämpfte ihre Schritte und fast geräuschlos betraten sie eine Art Sekretärinnenzimmer. Ein kleiner Raum, indem zur Rechten nur ein schwerer, kastanienbrauner Schreibtisch im Kolonialstil stand. Sichtlich überrascht erkannte der Junge die ältere Dame, welche vornüber gebeugt mit einer Leselupe ein Schriftstück zu entziffern versuchte. Sie hielt das zerfledderte Blatt, mit ihrer linken, weiß behandschuhten Hand unter eine Bankerlampe mit grünem Schirm, welcher von einem Messingstandfuß getragen wurde.

"Mrs. Campbell?", rief der Junge verwundert aus.

Die grauhaarige Dame mit Dutt auf dem Kopf und einer um den Hals hängenden Lesebrille richtete ruckartig ihren Blick weg von dem Schriftstück und schaute ebenso erstaunt zu den beiden Männern.

"Huch, Marek. Ich war ganz in meine Arbeit versunken. Ich habe euch gar nicht kommen hören."

Der Junge stand mit offenem Mund da. Er wusste nicht, dass die Bekannte seiner Großmutter hier angestellt war. Eigentlich dachte er immer, sie wäre eine verwitwete Rentnerin. Und das sie dann auch noch mitten in der Nacht irgendwelchen Aktivitäten nachging, wirkte auf Marek ziemlich grotesk.

"Mister Franck, was ist geschehen? Hatten Sie einen Unfall?", fragte sie besorgt, als sie die inzwischen antrocknenden Blutreste an seinem Kinn erkannte.

Über Mareks plötzliches Auftauchen schien sie sich aber nicht im Geringsten zu wundern, was dem Jungen noch sonderbarer vorkam.

"Könnte man so nennen, Mrs. Campbell. Aber sorgen Sie sich nicht, ist nicht wirklich der Rede wert. Ich habe einen Gast mitgebracht, wie Sie sehen können", lenkte er die Aufmerksamkeit auf seinen Begleiter.

"Ja, das freut mich. Ich bin nur etwas überrascht, dass Sie schon jetzt seine Bekanntschaft machen durften", lächelte die Dame.

"Schon jetzt? Wie soll ich das denn bitte verstehen?", fragte Marek sichtlich erstaunt nach.

"Ach, Junge, ich hatte Mr. Franck schon seit längerem über dich erzählt und wollte dich ihm unbedingt vorstellen. Aber das habt ihr ja scheinbar auch ohne mich hinbekommen?"

"Was gibt's über mich denn schon zu erzählen? Und warum wollten Sie, dass wir uns kennenlernen?"

Sixtus Franck ignorierte die Wissbegierde des Jungen und trat an die zweiflüglige Tür am anderen Ende des Raumes.

"Das wirst du mit Sicherheit bald erfahren, Marek. Glaube mir einfach, dass es nur zu deinem Vorteil sein wird. Am besten, du gehst einfach mit Mister Franck in sein Büro. Er wird schon wissen, wann er dir was anzuvertrauen hat", meinte sie lächelnd mit sanfter Stimme.

Sixtus öffnete die Tür und drehte sich noch einmal zu seiner Mitarbeiterin.

"Mrs. Campbell, bitte rufen Sie Pavel an und vereinbaren Sie einen neuen Termin mit ihm. Laden Sie ihn zu uns ein und bestehen Sie darauf, dass er von seiner Nichte Karolina begleitet wird."

"Natürlich, ich werde es gleich nach dem Frühstück morgen erledigen. Es ist schon reichlich spät für einen Anruf."

"Erledigen Sie es bitte sofort. Sprechen Sie ihm auf seinen Anrufbeantworter, sollte er nicht mehr ran gehen."

"Gut, wie sie meinen. Soll ich ihm einen besonderen Grund nennen?", erkundigte sich Mrs. Campbell.

"Sagen Sie ihm einfach, dass ich es für sehr wahrscheinlich halte, dass der Orden Zuwachs durch die neue Generation bekommen wird."

Die Dame hob die Augenbrauen und nickte nur bestätigend. Sixtus gab dem Jungen durch Handzeichen zu verstehen ihn in den nächsten Raum zu begleiten.

"Halt, halt. Was für ein Orden? Ich glaube, ich spinne. Doch nicht etwa *Argenteum Astrum?*", stutzte Marek.

"Junge. Behalte dein Halbwissen bitte vorerst für dich. Sehe ich aus, als würde ich einem satanischen Kult angehören? Vorausgesetzt, man wollte deinen Mutmaßungen bezüglich dieses Ordens Glauben schenken," meinte Sixtus nun doch etwas knurrig, "außerdem müsste ich ja dann wohl eher dich für einen Anhänger der schwarzen Magie halten, wenn ich mir deinen Kapuzenpulli so anschaue."

"Das ist eine Kultband, Mensch. Ist ihnen *Black Sabbath* kein Begriff? Glauben Sie etwa, jeder Anhänger der Rock- und Heavy-Metal-Szene ist ein Satanist?", poltere Marek drauflos.

"Mitnichten. Ich wollte dir nur verdeutlichen, wie

absurd es mir erscheint, jemanden vorzuverurteilen. Egal welche Anhaltspunkte man zu haben glaubt", korrigierte ihn der Herr.

"Was ist nun? Kommst Du?"

Marek grummelte etwas vor sich hin, ließ sich dann aber doch hereinbitten. Stirnrunzelnd betrachtete er das sogenannte Büro, welches ringsherum mit überfüllten Bücherregalen ausgestattet war. Ein Fenster gab es nicht, was zu einem etwas beklemmenden Gefühl führte. Der Alte schien jedoch die Atmosphäre gewöhnt zu sein oder sie schien ihm generell nie gestört zu haben. In der Mitte des Raumes ein antiker Sekretär, nicht unähnlich jenem, der im Vorraum stand.

Hinter und vor dem Tisch zwei überdimensionierte Ohrensessel, überzogen mit nussbraunem Leder. Es hätten gut und gerne zwei Mareks nebeneinander darauf Platz nehmen können.

"Nun Marek, darf ich dir etwas zu trinken anbieten?"

"Wenn Sie schon fragen, etwas Hochprozentiges wäre nicht schlecht."

Sixtus lachte und schüttelte den Kopf.

"Tut mir leid. Ich denke, ihr Jungs habt heute schon mehr als genug konsumiert. Ein Glas Wasser könnte ich dir anbieten."

Marek winkte ab: "Ne, lassen Sie es mal gut sein. Und ich habe bei weitem nicht so viel intus wie die zwei Vollpfosten von vorhin."

Der alte Herr nickte und setzte sich laut ausatmend in den Sessel. Tief blickte er in Mareks blaue Augen und faltete die Hände ineinander. Sekunden verstrichen. Sixtus streckte die Hände weit von sich und ließ die ineinandergreifenden Finger laut knacken. Er seufzte.

"Nun? Haben Sie mir jetzt endlich etwas mitzuteilen oder soll ich Sie bei Ihrer Fingerakrobatik beobachten?", fragte der Junge frech.

Herr Franck tippte nun mit seinen Fingern geräuschvoll auf der Tischplatte herum und spitzte die Lippen. Er schien nach der richtigen Einleitung zu suchen. Schließlich beendete er sein Schweigen.

"Du liest gerne und viel. Korrekt?", wollte er wissen.

"Na und? Woher wollen Sie das überhaupt wissen?"

"Mrs. Campbell ist das schon vor längerer Zeit aufgefallen und sie erwähnte es mal ganz nebenbei."

"Ach, tat sie das?", antwortete der Junge gelangweilt.

"Durchaus." Erneutes Tippen auf der Tischplatte.

"Würden Sie damit bitte aufhören? Es nervt."

"Du scheinst recht schnell genervt zu sein, wie ich hörte. Deine Lehrer nervten dich. Deine Mitschüler nervten dich. Die Agentur für Arbeit nervt dich …"

Marek unterbrach ihn: "Hallo? Was soll der Scheiß? Wenn Sie mir einen Vortrag halten wollen, haben Sie Pech gehabt. Ich zieh mein eigenes Ding durch. Brauche keine Ratschläge, vor allem nicht von einem Fremden. Und woher haben Sie die ganzen Infos über mich?"

Marek stand der Zorn ins Gesicht geschrieben und er war kurz davor aufzuspringen und das Gespräch für beendet zu erklären. Doch Sixtus traf die richtige Tonlage und die passenden Worte.

"Aber Nein. Es steht mir nicht zu, dich für irgendetwas zu kritisieren. Ich bin schließlich nicht dein Erziehungsberechtigter."

"Gut. Also worum geht´s dann?", pochte er nun auf eine Antwort.

"Du besitzt mehrere Charaktermerkmale, die dich für mich interessant machen. Ich möchte dir etwas anbieten, dass dich aus deiner Ödnis befreien könnte." Marek hob nachdenklich die Augenbrauen und Handflächen.

"Sie wollen mich der Monotonie entreißen? Wie wollen Sie das denn anstellen? Und was haben Sie davon?"

"Was ich davon habe, sollte für dich erstmal zweitrangig sein. Ich biete dir einen nicht alltäglichen Ausbildungsplatz an. Damit hättest du die lästigen Fragen deiner Großmutter hinter dir und die ständigen Termine und Briefe des Arbeitsamtes wären auch Geschichte."

Enttäuscht legte Marek den Kopf in die Schulter und pustete laut die Atemluft aus.

"Shit. War ja klar. Hat Sie meine Oma bestochen oder was? Mann ey, ich hab kein Bock auf die langweilige Scheiße hier. Soll ich etwa in Ihrem Laden arbeiten? Ich sagte doch schon, dass mich der alte Krempel null interessiert. Vergessen Sie es. Trotzdem Danke. Einen Versuch war es wert, nicht wahr?"

"Nicht so voreilig. Der Laden ist bei Mrs. Campbell gut aufgehoben. Du sagst, du hast kein Interesse an alten, wertvollen Gegenständen. Aber du liest gerne spirituelle Bücher. Du interessierst dich für Magie und so weiter, richtig?"

"Ja, und?"

"Manchmal sind die Dinge der Vergangenheit aber sehr wichtig, wenn man sich mit okkulten Themen beschäftigt."

"… und weiter?"

"Ich würde dich in deinen Themengebieten gewaltig voranbringen. Du bräuchtest nicht mehr nutzlose Berichte aus umsatzorientierten Möchtegern-Fachzeitschriften studieren und Esoterikbücher von Bestsellerlisten verschlingen, die dich doch kaum weiterbringen."

Der Junge schien nun doch aufmerksam zuzuhören und seine bisherige, ablehnende Haltung änderte sich urplötzlich in gespannte Geistesgegenwart.

"Was genau meinen Sie?"

"Wir hätten also geklärt, welche Themen für dich von Belang sind. Ich gehe dann mal davon aus, dass Geheimgesellschaften auch eine gewisse Neugierde in dir wecken." Sixtus legte einen fragenden Blick auf.

"Ja … schon."

"Na dann nenne mir mal ein paar dir bekannten Geheimgesellschaften, bitte", forderte in der Alte auf.

"Gut, von mir aus. Also da wären zum Beispiel: *Die Freimaurer, die Illuminaten, Skull & Bones, die Bilderberger …*, langt das oder wollen Sie noch mehr hören?"

Sixtus Franck schmunzelte und lehnte dankend ab. Er hatte genug gehört. Er wusste, dass er den Jungen schon bald ganz nach Belieben formen konnte. Die Voraussetzungen dafür waren einfach zu perfekt. Er stellte dem Jungen noch eine letzte Frage, um seine Neugierde bis ins Unermessliche zu treiben und ihn somit an sich zu fesseln: "Fällt dir an deiner Aufzählung etwas auf?"

"Hmm … keine Ahnung. Was sollte mir denn auffallen?"

Sixtus ließ bewusst ein paar Momente verstreichen um verschwörerisch, flüsternd zu antworten: "Nun, wenn diese ganzen Orden, Kulte, Gesellschaften so geheim und einflussreich wären, wie uns verkauft werden soll, wieso hast du dann je von ihnen gehört? Unter geheim verstehe ich etwas ganz anderes."

Er zwinkerte dem zukünftigen Schüler schelmisch zu.

"Sicher, da ist was dran. Dennoch wird ja nicht alles erstunken und erlogen sein, was man darüber hört", entgegnete der Junge.

"Und doch hat es nicht die Tragweite, dass wir unsere Zeit damit vergeuden sollten, nutzlose Informationen über diese Vereinigungen anzusammeln. Sieh es als ein gewolltes Ablenkungsmanöver, um von den wirklich wichtigen Orden abzulenken."

Marek ließ das Gehörte erstmal sacken. Die These des Alten war nicht ganz von der Hand zu weisen. Der stand plötzlich von seinem Sessel auf und reichte ihm die Hand.

"Hör zu. Ich denke, für heute lassen wir es erstmal gut sein. Ich werde Mrs. Campbell anweisen, den Ausbildungsvertrag vorzubereiten und ihn morgen

Nachmittag zu deiner Großmutter zu schicken. Die beiden unterhalten sich ja recht gerne bei einem Stück Kuchen und einer Tasse Kaffee. Schau also zu, dass du morgen zuhause bist, wenn die Gute euch einen Besuch abstattet. Dann wirst du den Papierkram gleich erledigen können und bekommst Bescheid, wie es in Zukunft weiter gehen wird. Mach dich auf jeden Fall schon mal für ein paar gewaltige Veränderungen in deinem Leben bereit."

Schon seltsam alles, dachte sich Marek. Aber die Verlockung war enorm und was hatte er schon zu verlieren? Er vergaß während des Gesprächs sogar ganz, nach dem Gift nachzufragen, welches seinem ehemaligen Saufkumpanen injiziert wurde. Nun gut, er würde mit Sicherheit noch einige Gelegenheiten bekommen nachzuhaken. Jetzt schien Herr Franck ihn eiligst loswerden zu wollen, da er schon an der zweiflügligen Tür stand und Mrs. Campbell Anweisungen erteilte. Dass die Dame immer noch auf war, befand Marek als äußerst seltsam. Aber ältere Menschen schienen aus unerfindlichen Gründen weniger Schlaf zu benötigen.

"Bis morgen dann, Marek", verabschiedete sie sich freundlich von ihm, während der Alte schon die Stufen hinab schritt, um Marek hinauszubegleiten.

Kurz darauf stand der Junge etwas unbeholfen vor dem Laden. Er drehte sich noch einmal herum und erkannte durch die Glastür, wie das Licht darin erlosch. Eigentlich hätte er jetzt doch noch Lust gehabt, wie er es ursprünglich vorhatte, etwas Trinken zu gehen. Doch seine innere Stimme raunte ihm zu, dass es wohl klüger wäre, direkt heim zu laufen und sich richtig auszuschlafen. Wer weiß, was in den nächsten Tagen auf ihn zukommen würde.

Kapitel 8

Ein Trommelwirbel riss mich früh am Morgen aus den Alpträumen. Doofe Angelegenheit, wenn man nicht im Stande ist, seine Gedanken zu steuern. Eine weitere Unannehmlichkeit in der Welt des Fleisches und Blutes. Ich wusste im ersten Moment gar nicht, wo ich mich befand und musste mich erstmal orientieren. Als ein nerviges Kläffen sich zu den Klopflauten hinzumischte und mich dieser kleine Köter zähnefletschend von unten anstierte, kam die Erinnerung in Windeseile angeflogen. Ich sprang auf. Katarina musste mich wohl zugedeckt haben. Die Decke flog durch die Luft und Spartacus brachte sich mit einem Satz in Sicherheit. Ich hörte, wie das Wasser abgestellt wurde, und registrierte nun, dass meine Gastgeberin wohl eine Morgendusche genommen hatte. Das Wohnzimmer war mit einem offenen, kleinen Hausflur verbunden, welcher an die Küche angrenzte. Links davon befand sich wohl das Badezimmer, wie ich feststellen durfte, als Katarina mit nassen Haaren, nur in ein Badetuch gehüllt, in meine Richtung eilte. Knapp unterhalb der Zimmerdecke des Zwischenraumes befand sich eine doppelt verglaste Fensterfront. Von dort kamen auch die trommelähnlichen Schlaglaute, welche durch mehrere Tauben verursacht wurden, indem sie ihre Flügel gegen die Scheiben schlugen. Seltsames verhalten.

"Die Tauben spielen mal wieder verrückt", konstatierte meine Gastgeberin, "ich wundere mich in den Abendstunden schon gar nicht mehr darüber, da wollen sie manchmal meine Aufmerksamkeit, aber vor dem Frühstück habe ich das bisher noch nie erlebt."

Mein Blick huschte hin und her. Das seltsame Spektakel der geflügelten Nachbarn rief zwar Verwunderung in mir hervor, doch Katarinas Anblick hatte eine deutlich höhere Anziehungskraft. Nicht zum ersten Mal schaute ich wohl ziemlich dämlich aus der Wäsche.

"Ähm … Guten Morgen", begrüßte ich diese Schönheit um Freundlichkeit bemüht.

"Ja, guten Morgen. Ausgeschlafen?" Die rhetorische Frage musste ich wohl nicht beantworten, denn sie giftete mich zum Wachwerden gleich mal an.

"Sag mal, was sollte denn das? Ich hatte dich nicht zum Übernachten eingeladen."

Na, wie sollte man in so einer Situation nun antworten, ohne weiteren Schaden anzurichten. Mit einer ehrlich gemeinten Entschuldigung bestünde zumindest die Chance eines Friedensabkommens, obwohl ich gestehen muss, dass ich damit rechnete, sie würde mich aus der Wohnung werfen. Oh weh. Da fielen mir die Fotos wieder ein, die sie in der Nacht von mir gemacht hatte und dass sie mit einer Veröffentlichung drohte. Höchste Gefahr lauerte und ich musste meinen Charme spielen lassen.

"Es ist mir wirklich unangenehm, das kannst du mir

gerne glauben, aber ich bin eben einfach eingeschlafen. Dafür konnte ich ja nichts. Wie wäre es, wenn ich dir zur Wiedergutmachung einen frischen Kaffee mache?"

Sie schaute zwar etwas grimmig, willigte aber schließlich ein: "Mach mal. Ich geh mich derweil abtrocknen und mache mich tageslichttauglich."

Sollte das ein Scherz sein? Von mir aus konnte sie gerne dieses Outfit anbehalten. Ich hätte nicht erklären können, was es da zu verschönern gäbe. Aber Frauen sehen das wohl etwas anders. Dabei überlegte ich, ob ich nicht auch mal als Frau reinkarnieren sollte. Ohne lange nachdenken zu müssen, schossen mir lebhafte Bilder durch den Kopf. Ich hatte eine wohl erheblich große Anzahl an Leben als Frau verbracht, nur immer zu Zeiten und unter Bedingungen, die das Schminken erheblich erschwert hatten. Ich musste ums nackte Überleben kämpfen. Die Bilder gefielen mir nicht, also machte ich mich auf den Weg in die Küche und verdrängte die Erinnerungsfetzen. Als ich dort die moderne Apparatur erblickte, wenn auch erst auf den zweiten Blick, musste ich erst einmal die verschiedensten Knöpfe drücken, bis mir ein anständiger Kaffee gelang. Durch die verschlossene Tür rief sie mir noch zu, dass sie ihn ohne Zucker und mit etwas Milch mochte. Ich musste dann doch nicht allzu lange auf sie warten. Vielleicht hatte sie ja eingesehen, dass es nicht notwendig war, übermäßig viel Kosmetik zu benutzen, zumindest machte sie mich darauf aufmerksam, dass ich genug für uns beide im Gesicht aufgetragen hätte. Als wir uns mit den Kaffeetassen in Richtung Wohnzimmer begeben wollten, blieb sie unvermittelt stehen und schaute zu der Fensterfront. Wo zuvor noch die Tauben einen riesigen Rabatz veranstalteten, saßen nun zwei große schwarze Raben, die uns scheinbar beobachteten. Mir wurde etwas schwindelig und ich konnte mir nicht erklären, woher dies nun wieder herrührte.

"Die hab ich ja noch nie hier gesehen?" Sie klopfte von innen gegen die Scheibe und gab ihren Unmut zum Besten.

"Die werden doch nicht die Tauben vertrieben haben? Ich habe mich total an die gewöhnt. Seit meinem Einzug vor drei Jahren sind die ständig da. Verpisst euch hier!"

Sie untermauerte ihre Aufforderung mit erneutem gegen das Glas Hauen. Mir wurde kurz mulmig und ich hoffte, sie würde nicht in gleichem Ton selbiges von mir verlangen. Die Raben wollten sich wohl auf keine Streitereien einlassen und flatterten davon.

"Also erstmal Danke für den Kaffee …"

Ich unterbrach sie.

"Danke, dass du mich nicht vor die Tür gesetzt hast."

Sie schnappte ihren Mund auf und zu. Wahrscheinlich wollte sie so etwas in dieser Art gerade vermitteln, doch hatte ich Katarina mit meiner Danksagung wohl etwas irritiert.

"Ähm … Ja, Okay. Schon gut. Aber nach dem Kaffee muss ich erstmal mit dem Hund raus", sie deutete auf das Nebenzimmer, aus welchem der kleine Köter erneut lauthals protestierte, dass man ihn wieder interniert hatte. Geschieht ihm recht, dachte ich mir nur. Anders hätte man sich wohl kaum in Ruhe unterhalten können.

"Danach muss ich nach meiner Vermieterin schauen. Das arme Mütterchen liegt die meiste Zeit im Bett und ich kümmere mich etwas um sie. Was ich damit sagen will, du kannst von mir aus duschen und dir die Maskierung aus dem Gesicht entfernen, aber dann muss ich dich höflichst hinaus bitten."

Klar. Damit musste ich ja rechnen. Nur gab es da ein kleines Problem. Das Thema mit dem Zeitungsbericht über mich war noch nicht aus der Welt geschafft. Doch zuerst willigte ich ein. Im Badezimmer angekommen drehte ich die Duschbrause auf, um einen Waschvorgang vorzutäuschen. Nötig war dieser ja keineswegs, da ich nicht im Stande war zu schwitzen. Ich war bislang sozusagen geruchsneutral. Das mit meiner so schönen Gesichtsbemalung hatte dann auch einen gewaltigen Haken, wie ich feststellen musste. Ich sah ja ein, dass eine neutralere Erscheinung von Nöten war, doch zum einen war ich gestern noch durchaus stolz darauf, was ich da Schönes erschaffen hatte, und zum anderen konnte ich es nicht abreiben. Es war ja meine Hautfarbe. Ich dachte zwar, ich hätte einen Trick auf Lager, indem ich mich einfach neu manifestierte und zwar ohne die Totenmaske, doch aus unerfindlichen Gründen wollte mir dies nicht gelingen. Ich geriet in Panik. Gestern noch konnte ich Spartacus einschüchtern, indem ich mich in einen großen Hund verwandelte, und nun stand ich da und starrte in das Spiegelbild, ohne dass eine Veränderung stattfand. Ich wiederholte den Vorgang und probierte verschiedene Tierarten aus, nur um auf Nummer sicher zu gehen, ob sich überhaupt etwas bewerkstelligen ließe. Doch alles blieb beim Alten und hätte ich gestern Schweißdrüsen manifestiert, würden mir jetzt sicher dicke Perlen die Stirn hinabfließen. Katarina machte alsbald darauf aufmerksam, dass es an der Zeit wäre, mich etwas zu beeilen. Ich setzte mich auf den Rand der Badewanne und drückte mir die geballten Fäuste gegen die Schläfen. Ich konnte mich beim besten Willen nicht daran erinnern, wann ich mich zuletzt einmal selbst kritisiert hatte. Wozu auch? Bisher war ich vollauf mit mir zufrieden gewesen. Egal ob als Mensch oder als Seele in meiner wahren Heimat. Nun war aber der Zeitpunkt gekommen, in welchem ich mir selbst eingestehen musste, dass ich wohl doch nicht alles ganz richtig gemacht hatte. Am liebsten hätte ich laut nach Suriel geschrien, doch erstens glaubte ich nicht, dass er mich gehört hätte, und zweitens würde mich mit Sicherheit Katarina fragen, ob ich noch alle Tassen im Schrank hätte? Und würde ich bei der Wahrheit bleiben wollen, müsste ich ihr erzählen, dass ich nicht einmal so etwas wie ein Gehirn in meinem Kopf trug. Nun stellen Sie sich mal diese Situation vor. Auch ohne die ansonsten dafür benötigten Gehirnzellen könnte man möglicherweise darauf kommen, dass sie mich dann in die Klapsmühle verfrachten würde. Ich hatte ja, wie gesagt, diesen Bestandteil des Körpers nicht und doch wäre es für mich die glasklare Konsequenz gewesen. Ich konnte mich aber nicht ewig hier verbarrikadieren, also trat ich die Flucht nach vorne an und rechnete mit dem Schlimmsten. Als ich die Badezimmertür öffnete und ihr entgegentrat, verzog sie unverzüglich ihr Gesicht.

"Willst du so auf die Straße gehen? Ich dachte, du hast geduscht?"

Nur nicht stottern. Bleib einfach bei der Wahrheit und dann schauen wir mal wo es hinführt, ermahnte ich mich gedanklich selbst.

"Das geht leider nicht ab."

Sie sprang auf und stürzte auf mich zu. Ich wollte schon reflexartig eine abwehrende Haltung einnehmen, obwohl ich nichts hätte spüren können, auch wenn sie zugeschlagen hätte, doch dann überraschte sie mich und ich sah Licht am Ende des Tunnels.

"Ich werd' bekloppt. Das glaube ich jetzt nicht. Du bist so verrückt und hast dir das tatsächlich tätowieren lassen? ... Wow ... Echt krank."

Sie stand mit offenem Mund vor mir. Doch ich wusste mir nicht anders zu helfen, als mit der Schulter zu zucken.

"Darf ich das mal anfassen?"

Sie liebte rhetorische Fragen, wie ich inzwischen feststellen durfte, denn die Antwort wartete sie nicht ab und fuhr mit ihren Fingern über meine beiden Wangen.

"Ich wiederhole mich, glaub ich, aber: Echt, echt krank."

Sie hatte doch tatsächlich wunderschöne Augen. Weit aufgerissen inspizierte sie wohl jeden Millimeter meines Gesichts. Ich schwieg vorerst und wartete einfach ab. Aber erwähnen würde ich doch gerne, dass ich mich überaus darüber ärgerte, immer noch nichts fühlen zu können. Da wir inzwischen schon beim Körperkontakt angelangt waren.

"Wo hast dir das denn stechen lassen? Ist ja eine überzeugende Qualität. Auch wenn ich nun zum dritten Mal sagen muss, dass du wohl einen Megaknall hast."

Doch plötzlich musste sie lachen. Es schien sie also nicht einzuschüchtern. Das war gut. Sogar sehr gut.

"Was soll ich sagen? Ich hab in der Vergangenheit vielleicht nicht immer die klügsten Entscheidungen getroffen."

Oh ja, mit dieser Antwort war ich zufrieden. Ich wollte sie nicht ständig belügen und musste meine Aussagen aber so wählen, dass es für uns beide eine jeweils ganz eigene Bedeutung haben konnte.

"Ich würde ja nur allzu gerne sehen, wie die Menschen bei Tageslicht auf dich reagieren."

"Das ließe sich einrichten", bot ich ihr an.

Sie überlegte kurz.

"Ach, was soll's. Ein paar Stunden mehr oder weniger werde Ich deine Anwesenheit noch ertragen können."

Ihr Lächeln verriet mir, dass sie mich wohl doch einigermaßen sympathisch fand. Ich zollte ihr in meinem Geiste Respekt. Eine ganz schön mutige Frau, dachte ich. Ich ging davon aus, dass die meisten Frauen auf sicheren Abstand gehen würden, was ich generell durchaus für klug und nachvollziehbar hielt.

"Jetzt aber los. Spartacus entleert sich sonst noch in der Wohnung."

Sie nahm den Pinscher an die Leine und wir verließen die Wohnung. Doch eine Etage tiefer teilte Kati mir mit, dass sie kurz nach der vorhin erwähnten Vermieterin schauen wolle. Einen Wohnungsschlüssel hatte ihr die bettlägerige Frau schon vor längerer Zeit gegeben, damit sie nach dem Rechten schauen konnte. Dennoch klingelte sie dreimal kurz. Das hatte sie mit der Rentnerin vereinbart, damit sie sich nicht erschrickt, wenn Katarina plötzlich vor Ihr auftaucht.

Des Weiteren gab sie mir zu verstehen, ich dürfte gerne mit hineinkommen, die Vermieterin würde sich über jede Art von Abwechslung freuen und wäre eine ganz liebe und freundliche Person. Ich akzeptierte, da ich sowieso noch nicht wusste, wie ich weiter vorgehen sollte.

Doch kurz nachdem wir die Wohnung betraten und Katarina schon von der Tür aus unsere Kurzvisite lauthals ankündigte, musste ich leider das Gegenteil ihrer Behauptung betreffs der charakterlichen Merkmale der Alten feststellen. Zuerst vernahm ich zwar den leisen, weichen Klang einer freundlichen Begrüßung, doch kaum hatten wir das Schlafzimmer betreten, vibrierten die Schallwellen. Das mit Falten übersäte Gesicht der panisch Schreienden verzog sich zu einer hässlichen Fratze. Die Augäpfel schossen hervor und drohten herauszufallen. In Sekundenschnelle brach der Alten der Schweiß aus, so dass die langen grauen Haare sich an die Haut klebten. Katarina wendete sich an den obersten Schöpfer und ich glaube mich erinnern zu können, dass sie einige Hilferufe an ein paar für Heilig erklärte ausrief. Ich zog mich intuitiv in den Hausgang zurück, begleitet von Spartacus, zum ersten Mal schien bei uns beiden Einigkeit über etwas zu herrschen. Mir pulsierten die Atome und ihn schmerzte wohl das Trommelfell. Es dauerte noch etliche Minuten, bis sich die alte Frau beruhigt hatte, doch Katarina schien mich für den Schuldigen der Panikattacke auserkoren zu haben. Sie kam auf mich zugestürmt und giftete mich an: "Verdammte Scheiße aber auch. Passiert so etwas öfter?"

"Das kann Ich nicht sagen. Ich sehe die Frau doch zum ersten Mal."

Das war wohl nicht die beste Antwort. Zumindest erzürnte ich Katarina mit meinem kleinen Scherz nur noch mehr. Dies untermauerte sie mit einer Ohrfeige, die sie mir verabreichte. Wortwörtlich wurde mir auf einen Schlag klar, dass ich wohl keine weitere Nacht bei ihr verbringen dürfte und ärgerte mich über mich selbst. Komischerweise wurde meine Selbstkritik langsam zur Angewohnheit.

"Du gehst jetzt besser. Ich hab es mir überlegt."

Der Befehlston war nicht zu überhören.

Sie ließ mich im Treppenhaus stehen und stürmte

noch einmal zu der Verwirrten und wahrscheinlich noch immer unter Schock stehenden, oder besser gesagt: liegenden.

Ich war schon im Begriff, mich aus dem Staub zu machen, als ich voller Verwunderung ihre Hilfeschreie vernahm.

Sie rief eindeutig nach mir. Auch wenn Vincent ja nicht tatsächlich mein Name war, so konnte sie nur mich gemeint haben, soviel stand fest. Ich eilte zu ihr. Spartacus blieb auf Sicherheitsabstand. War halt doch ein kleiner Feigling. Diesmal war ich es, dem die Augen fast herausgefallen wären. Kati hing über der soeben noch keifenden Vermieterin und versuchte, sie mit Atemluft vollzupumpen. Meine Gedanken bombardierten mich regelrecht. Das war es doch! Deswegen muss ich hier gestrandet sein. Nur so war es zu erklären, warum ich dem Ableben dieses Mütterchens beiwohnte. Dass ich dafür eine wahrscheinlich nicht ganz regelkonforme Variante gewählt hatte, musste meiner bisherigen Unerfahrenheit in diesem Berufsfeld geschuldet gewesen sein. Doch dann geschah etwas Seltsames. Wieder überkam mich dieses mulmige Gefühl. Instinktiv blickte ich zum Schlafzimmerfenster und erblickte, trotz der davorhängenden altmodischen Gardinen, erneut zwei schwarze Raben. Davon hatte man mir im Bardo nichts erzählt und doch bestand die Möglichkeit, dass ich hier von meinen Arbeitskollegen beobachtet wurde.

"Verdammt, Vincent, hilf mir, steh nicht so dämlich

herum", riss mich Katarina zurück ins Geschehen.

Hier war sie, meine Chance zur Heimkehr. Aber meine Gefühle spielten plötzlich verrückt. Die Alte war mir egal, aber die Blondine, welche nun auch noch die ersten Tränen kullern ließ, hatte mehr als nur eine magische Anziehungskraft auf mich. Ja, ich muss gestehen, ich fing an mit ihr mitzufühlen. Und obwohl mich meine innere Stimme zu warnen begann, konnte und wollte ich sie nicht enttäuschen. Ich riss mich zusammen und sprang zum Bett. Sanft, aber bestimmend schob ich Katarina etwas zur Seite. Eigentlich vollführte ich ja nur ein Affentheater, denn retten konnte ich die Alte so oder so nicht, selbst wenn ich es gewollt hätte. Nicht weil ihre Zeit gekommen war und man das Schicksal nicht austricksen konnte, sondern ganz einfach deswegen, aufgepasst, weil ich nach wie vor keine Innereien besaß und somit auch die Lunge fehlte, die ich zur Wiederbeatmung benötigt hätte. Vor Kati war es bisher ein Leichtes, dieses Schauspiel der Atmung zu imitieren, doch der Alten konnte ich nichts vormachen. Wahrscheinlich hatte sie ihren Körper schon verlassen und da fiel mir erneut auf, dass ich wohl so einiges vergeigt hatte. Da ich in dieser Hülle steckte, nahm ich die Umgebung mit den biologischen Augen wahr, zumindest glaubte ich das. Ich war mir nämlich gar nicht so sicher, ob ich die benötigten Sehnerven inklusive dem notwendigen, restlichen biologischen Schnickschnack beinhaltete und wusste nicht, wie ich auf den anderen Kanal hätte wechseln können, um mit meinem sogenannten dritten Auge zu sehen. Ja, so eine Schulung war definitiv von Vorteil, wenn man denn konzentriert daran teilnahm. Wie Sie inzwischen sicherlich erkannt haben, gehörte ich der Kategorie der disziplinierten Musterschüler leider nicht an und hatte deswegen auch absolut keine Ahnung, wie ich jemals wieder aus diesem Schlamassel herausfinden sollte. Zu allem Überfluss dachte ich in dem Moment, als ich anfing, ihre Brust mit den Handflächen rhythmisch zu bearbeiten, dass ich zu phantasieren begänne. Ich hörte Stimmen. Mir bekannte Stimmen, die ich trotzdem nicht zuordnen konnte. Die Worte schienen sowohl von außen als auch aus meinem Inneren zu kommen. Da ich sowieso ganz durcheinander war wegen den plötzlichen Vorkommnissen, kam ich erst später dahinter, wie sich das alles erklären ließ. Als ich den Brustkorb der von uns Gegangenen genug bearbeitet hatte und die Wiederbeatmung, schauspielerisch perfekt vollführte, wirbelten die Stimmen nur so durch den Raum und meinen Geist.

"Was soll denn das? Was tust du da? Weißt du denn nicht, wozu du hier bist? Hör sofort auf damit! Du bringst dich in Teufels Küche (Hier stoppte ich kurz und überlegte, ob es diesen Ort in der Seelenwelt tatsächlich gab oder ob es nur als Redewendung gedacht war). Lass es gut sein, wir haben sie schon abgeholt..."

Irgendwann tat ich genau das, was die Stimmen von mir verlangten, und setzte mich auf den Boden. Ich lehnte mich mit dem Rücken an das Bett und tat so, als wäre ich erschöpft und zutiefst traurig darüber, dass ich der Alten nicht mehr hatte helfen können. Traurig war ich, aber aus anderen Gründen. Traurig, weil ich nicht wusste, wie ich wieder zurückkehren konnte, aber da war noch etwas. Ich fragte mich, ob ich wieder zurück wollte? War es tatsächlich möglich, sich innerhalb von nur wenigen Stunden so Hals über Kopf zu verlieben, dass man bereit wäre, sein Leben in dieser verkommenen Welt fortzusetzen, ohne Aussicht auf körperliche Gefühle, ohne jemals Altern zu können und zuschauen zu müssen, wie liebgewonnene Menschen einen langsam allein zurücklassen würden? Was für ein Dilemma. Katarina setzte sich neben mich. Sie nahm meine Hand, als wolle sie mich trösten, und legte ihren Kopf an meine Schulter. Hoppla. Das war wohl der falsche Zeitpunkt, um daraus irgendwelche intimeren Rückschlüsse zu ziehen. Es mag makaber erscheinen, doch beinahe hätte mich die Situation zum Träumen verführt, wenn nicht Spartacus plötzlich hereingestürmt wäre. Er hatte kein Interesse daran, sich uns anzuschließen, stattdessen bellte er in Richtung Fenster und sprang auf und ab. Er hatte sich wohl neue Intimfeinde ausgesucht und ignorierte mich. Bevor Katarina nachschauen konnte, worüber sich ihr Liebling diesmal beschwerte, waren die Raben auch schon verschwunden. Ich nehme mal an, die Seele des leblos vor uns liegenden Körpers hatten sie im Schlepptau mit sich genommen. Inzwischen verstand ich, dass es kein Zufall sein konnte, dass ich von den schwarzen

Vögeln geträumt hatte, diese mir heute schon zum zweiten Mal begegneten und ich vorwurfsvolle Stimmen hörte. Man musste eben nur Eins und Eins zusammenzählen, in diesem Fall kamen eben noch zwei weitere Einsen dazu, was meine These untermauerte.

"Ich sollte wohl den Notarzt benachrichtigen, damit er den Tod feststellen kann", schluchzte Kati.

Ich hatte nichts einzuwenden. Doch sollte ich vielleicht besser nicht in der Nähe sein, wenn die hier auftauchten. Ich ging davon aus, dass eventuell auch die Polizei vorbeischauen würde und ich konnte mich ja schließlich nicht ausweisen.

"Ja, das solltest du wohl. Aber ich würde dich bitten, das alleine zu erledigen, schaffst du das?"

"Sicher. Aber wo willst du denn jetzt hin?"

"Ich glaube, dass hier hat mich doch etwas mehr mitgenommen. Ich fühle mich nicht besonders."

Sie überlegte kurz und drückte mir dann ihren Wohnungsschlüssel in die Hand.

"Ist schon in Ordnung. Leg dich noch etwas hin. Ich möchte nicht, dass du jetzt einfach verschwindest. Ich hab ehrlich gesagt nun auch keine Lust, alleine zu sein."

"Bist du dir sicher?", fragte ich nach, innerlich jubilierend.

"Bin ich und nun geh schon."

"Ich möchte dich trotzdem um noch etwas bitten."

"Und das wäre?"

"Könntest du mich aus der Geschichte hier

rauslassen? Nur für den Fall, dass jemand nachfragen sollte, wer alles anwesend war."

Sie zog die Augenbrauen zusammen. Ein untrügliches Zeichen dafür, dass sie nun mit Sicherheit eine gewisse Skepsis bezüglich meiner Person an den Tag legen würde, doch was blieb mir anderes übrig? Schließlich erwiderte sie nur knapp: "Geht klar, doch diesmal bist du mir einiges an Antworten schuldig und das etwas ausführlicher als sonst. Ich hoffe, du verstehst mich?"

Rhetorische Frage!

"Nun geh schon nach Oben. Ich bring den Hund vor die Tür, bevor er platzt."

Und so verließen wir die Etage in entgegengesetzten Richtungen.

Vor der Haustüre angekommen, zückte Katarina ihr Handy.

"Phillip, ich weiß, ich rufe dich nur an, wenn ich was brauche, aber es ist mir extrem wichtig. Überprüfe bitte einen Namen für mich", flüsterte sie ins Mobiltelefon.

Der Hacker am anderen Ende der Leitung schmunzelte. Und nickte nur zur Bestätigung. Es war nicht das erste Mal, dass er seiner langjährigen Freundin mit Informationen aushalf, was er jedoch nicht als lästig empfand. Er erkundigte sich nach den vorhandenen Daten.

"Vincent Toth, mit einem *"h" am* Ende. Aus Boston, Massachusetts. Ich danke dir vielmals, Phillip, du hast was gut bei mir."

Kapitel 9

Marek hatte eine unruhige Nacht hinter sich. Er wälzte sich im Bett hin und her, bis er letztendlich doch etwas Schlaf fand. Als ihn seine Großmutter durch heftiges Rütteln zum Aufstehen aufforderte, wehrte er sich zunächst heftig, doch als ihn die Erinnerung an letzte Nacht einholte, beschloss er nicht weiter zu protestieren und begab sich zur Katzenwäsche. Wenige Minuten später, nachdem er sich im Erdgeschoß in die Küche begab, lächelte ihn Mrs. Campbell an und begrüßte ihn freundlich. Seine Großmutter hatte ihm einen warmen Kakao vorbereitet, dessen Duft sich in der Küche ausbreitete. Die Tassen der beiden Frauen standen geleert auf dem Tisch, woraus Marek schloss, dass Sixtus Francks Mitarbeiterin wohl schon etwas länger anwesend sein musste. Marek setzte sich und begann sogleich, sich ein Frühstücksbrot mit Butter und Erdbeermarmelade zu streichen.

"Möchtest du mir denn nichts erzählen?", fragte ihn seine Großmutter neugierig.

Marek hielt sich die offene Hand vor seinen schmatzenden Mund.

"Was sollte ich denn erzählen wollen?", erwiderte er noch ganz verschlafen.

"Na, zum Beispiel das du einen nächtlichen Ausflug zu Frau Campbell hattest?"

Seine Oma sprach den Namen ihrer Bekannten mit deutlich deutschem Akzent aus, was sich dann eher wie: Frau Kampl anhörte. Ihre Freundin schien sich daran nicht zu stören.

Der Enkel erwiderte nur schulterzuckend, dass dies so nicht ganz zutreffend wäre und er wegen vorangegangener, komischer Zufälle Herrn Francks Bekanntschaft gemacht hätte. Dieser hätte um seine Begleitung gebeten und so wäre er, natürlich rein zufällig, Mrs. Campbell begegnet.

"Na ja, ich sehe schon, aus dir ist wieder mal nichts herauszuquetschen. Dann hast du jetzt halt *rein zufällig* einen Ausbildungsplatz, wie ich hören durfte", erwiderte sie sichtlich erfreut.

"Vorausgesetzt, ich unterschreibe ihn", meinte Marek knapp.

"Ich bitte dich, Marek. Ich bin mir sicher dass du dort gut aufgehoben bist."

"So? Und ich meine, dass ich zumindest wissen sollte, was es denn überhaupt für eine Ausbildung sein soll. Irgendwie wurde mir das nicht so ganz mitgeteilt."

Mrs. Campbell holte eine Mappe hervor, die sie aus ihrer Handtasche zog.

"Ich denke, du wirst gefallen an der Stelle finden", sie zwinkerte ihm zu, "da wir eine kleine Werkstatt im Hinterhof haben, würden wir dich zum Tischler ausbilden wollen. Mit dem Augenmerk darauf, dass du später eine Weiterbildung zum Restaurator machen kannst. Dies wäre in unserem Antiquitätenladen von Nutzen, da wir teils jahrhundertealte Möbel wieder auf

Vordermann bringen."

Der Junge hörte auf zu kauen und zog eine nachdenkliche Miene. Ihm war durchaus klar, wenn an der Story des alten Franck etwas dran war, dann würde er nur zum Schein diese Ausbildung ernsthaft durchziehen müssen. Theoretisch hätten sie wohl auch eine Ausbildung zum Frisör oder Kaminfeger anbieten können, mutmaßte er. Er wollte auf jeden Fall mehr erfahren, und würde man ihn austricksen wollen, dann würde er das Problem mit einer Kündigung aus der Welt schaffen und alles wäre wieder beim alten. Es gab also kein Risiko. Er schaute zu seiner Großmutter und sagte: "Oma, weißt du was? Du hast recht."

Durchaus verdutzt darüber, dass ihr Enkel sich nicht sträubte und sein Faulenzerdasein tatsächlich zu beenden gewillt war, stand Mareks Großmutter kurzzeitig mit offenem Mund da.

"Wo muss ich unterschreiben, Mrs. Campbell?"

Die Dame reichte ihm den Vertrag und deutete mit dem Kugelschreiber auf verschiedene markierte Stellen.

Nach den Unterschriften strich Mareks Großmutter ihrem Enkel freudig über die Haare, was er augenrollend zur Kenntnis nahm. Er reichte Mrs. Campbell die Hand und erkundigte sich, wann er anzutreten hatte. Er hatte sich nicht die Mühe gemacht, den Vertrag durchzulesen.

"Am Montag geht es los. Doch Mr. Franck bittet darum, dass du im Laufe des Tages bei ihm vorbeischaust."

"Geht klar", sprach er und hob die Hand zum Gruß.
Die betuchten Damen schauten ihm hinterher, wie er
eiligst die Küche verließ und die Treppen zu seinem
Zimmer hochspurtete. In seinem Zimmer
angekommen warf er einen Blick auf den Wecker, der
sich auf der Kommode neben seinem Bett befand. Die
Digitalanzeige machte in roten, leuchtenden Ziffern
deutlich, dass es kurz vor zehn Uhr am Morgen war.
Der Junge kramte in einem Zeitschriftenstapel nach
einer älteren Ausgabe, in denen es um
Geheimgesellschaften ging, warf sich auf sein Bett und
frischte seine Kenntnisse etwas auf. Am späten
Nachmittag würde er wie versprochen bei Herrn
Franck vorbeischauen. Doch kurz vor dem
Mittagessen, klingelte es Sturm. Genervt rief er nach
seiner Großmutter, welche ihn aber nicht hören
konnte, da sie sich erst vor kurzem zum
nahegelegenen Bioladen aufgemacht hatte, um noch
ein paar Tomaten und Gurken zu besorgen, auf
welche sie nicht verzichten wollte, wenn es sich
vermeiden ließ. Für Großmutter war ein Salat ohne die
genannten Zutaten nur Hasenfutter, wie sie des
Öfteren zu verstehen gab. Da er bei dem Geklingel
nicht im Stande war, sich weiterhin auf seine Lektüre
zu konzentrieren, raffte er sich auf und polterte die
Treppen hinunter zur Haustür. Fluchend riss er selbige
auf, doch verstummte er notgedrungen, da ihn ein
heftiger Faustschlag schmerzhaft überraschte. Ein
kräftiger Schubs gegen seine Hühnerbrust ließ ihn das
Gleichgewicht verlieren und er fiel rücklings auf den

roten Perserteppich. Die Tür wurde von innen wieder verschlossen und zwei Augenpaare musterten den am Boden kauernden.

"Was ist los, du Pussy? Du bist mir ja so ein Kameradenschwein. Wo ist dein neuer Freund denn jetzt, hä?"

Na, toll. Dass er den beiden Vollidioten so schnell wieder begegnen würde, damit hatte Marek nicht gerechnet. Herrn Francks Gegengift schien ja wirklich wahre Wunder bewirken zu können. Von irgendwelchen Folgeschäden konnte scheinbar nicht die Rede sein. Der Kleinere musste wohl schon wieder ein paar Tabletten zum Frühstück genossen haben, da er kaum stillstehen konnte und um Marek herumtänzelte. Der Größere dagegen stupste noch einmal mit seinem Fuß gegen Mareks Rippen.

"Hör zu, so funktioniert das nicht. Du kannst dich nicht einfach aus dem Staub machen und so tun, als wäre nichts geschehen."

Der Junge hielt sich die Hand ans Auge. Das würde mit Sicherheit ein blaues Veilchen geben, so schmerzhaft, wie es pochte.

"Mensch, was wollt ihr von mir?", schrie ihnen Marek panisch entgegen.

"Was wir wollen, ist hier nicht die Frage. Eher was du möchtest", mischte sich nun der Kleine ein.

"Was soll ich denn wollen?", stotterte Marek.

"Na, wie mir scheint, gibt es nur zwei Möglichkeiten. Erstens: Du möchtest weiterhin mit uns befreundet sein, dann ist aber eine Wiedergutmachung fällig, oder aber zweitens: Du kündigst uns die Freundschaft, was du heute Nacht ja eigentlich schon getan hast, das kostet dann aber etwas. Sagen wir mal so, wir geben dir die Möglichkeit, dich freizukaufen", gab nun der Wortführer zu verstehen.

"Habt ihr ´nen Knall? Freikaufen? Ihr könnt mich mal", protestierte Marek.

Nachdem ihm aber durch mehrere Tritte klar gemacht wurde, dass er über keine Entscheidungsgewalt verfügte, musste er schließlich einlenken.

"Wie viel?"

"500 Euro!"

"Seid Ihr verrückt? Woher soll ich so viel Kohle nehmen? Die hab ich nicht", sträubte sich der am Boden Liegende.

"Du hast doch sonst immer Cash in der Tasche", verwarf der Macho seinen Einwand.

"Ja, aber keine 500 Euro. Ich hab maximal fünfzig im Geldbeutel."

"Und auf deinem Konto?", wollte der Kleinere wissen.

"Was? Und ihr garantiert mir, dass ihr mich dann in Ruhe lasst?"

Die beiden lachten unisono.

"Klar doch."

Der in der Nacht noch Kotzende und Kleinlaute reichte Marek die Hand, um ihm aufzuhelfen. Doch kaum stand er, verpasste er ihm einen Stups in den Rücken, um ihn zum Losgehen zu bewegen. Nachdem Marek vor der Bank die soeben abgehobenen Scheine den Erpressern in die Hand gedrückt hatte und sich vom Acker machen wollte, hielt ihn der Große fest.

"Hey, nicht so hastig. Zum Abschied könntest uns noch ´nen Döner ausgeben", meinte er fies grinsend.

Eigentlich dachte sich der Junge, er könnte sich schnell aus dem Staub machen, aber er wusste auch, dass die beiden Vollpfosten ihn nicht gehen lassen würden. Er hoffte einfach, mit dem Kebab wäre es dann getan und schlich den beiden hinterher, als sie den Schnellimbiss am oberen Rand des Leonberger Marktplatzes ansteuerten.

Sein Blick blieb auf den Boden gerichtet, auch noch nachdem sie den Dönerladen betreten hatten. Die beiden Halbstarken stampften sich den Schnee von den Schuhen, so dass sich um sie herum bald eine kleine Pfütze bildete. Plötzlich vernahm Marek eine bekannte Stimme, die aus der hinteren Ecke zu ihm drang, während die drei sich vor dem Tresen postiert hatten.

"Oh, merhaba, meine junge Kollega, hast du Hunger, was? Ich sagen dir, bei meine Bruda beste Döner von hier bis Istanbul."

Wow. Leonberg musste ein Dorf sein. Das war ganz klar der Taxifahrer von heute Nacht. Mareks Gefühl verkündete ihm, dass ihm das von Vorteil sein würde.

Er hob seinen Blick und lief zu dem teetrinkenden Türken. Seine Peiniger beobachteten skeptisch die Begrüßungszeremonie.

"Orhan, Mensch. Das freut mich aber. Du kannst ja echt stolz darauf sein, aus so einer begabten Familie zu stammen. Der beste Taxifahrer und der beste Kebab-Verkäufer unter einem Dach vereint. Respekt."

Der Türke wusste zwar, dass dies eher humorvoll gemeint war, doch schmeichelte es ihm.

"Was ist mit deine Auge passiert, Kollega?", fragte er mit zusammengekniffenen Augen.

Marek schwieg. Der Türke hakte nach, indem er fragend seine rechte Hand durch die Luft fuchtelte.

Der Junge nickte zögerlich in Richtung Tresen und Orhan verstand. Für ihn war es eine Sache der Ehre, seinem erst kürzlich kennengelernten Bekannten zur Seite zu stehen. Er stand auf und ging zur Ladentür. Das Schild mit der Aufschrift *"OPEN"* wurde herumgedreht und die Tür von innen zugeschlagen. Den Halbstarken stand die Nervosität ins Gesicht geschrieben. Der Imbissbesitzer stellte seinem Bruder auf Türkisch lauthals eine Frage.

Als dieser energisch antwortete und mit ausgestrecktem Zeigefinger auf Marek deutete, welcher in sicherem Abstand die Szenerie verfolgte, kam der dickbäuchige Schnurbartträger mit einem frischgefüllten Kebab in der Hand um die Theke herum.

"Was ist los, ha? Habt ihr Problem mit meine Kollega, oder was?", drängte Orhan auf eine Antwort.

Die beiden schüttelten den Kopf.

"Warum dann blaue Auge?"

Der inzwischen nicht mehr Tänzelnde ergriff das Wort.

"Weil er uns im Stich gelassen hat."

"Du sagst, meine Kollega keine gut Freund, ha?", Orhan schaute zu Marek.

"Nein, wir hatten Ärger und er ist abgehauen. Du als Türke verstehst doch bestimmt, dass wir das nicht durchgehen lassen können."

Orhan kniff die Augen zusammen. Er hatte das untrügliche Gefühl, dass die zwei sich nur herausreden wollten, doch wollte er von Marek Genaueres erfahren.

"Im Stich gelassen ist nicht die korrekte Beschreibung. Du hast doch den Antiquitätenhändler gesehen heute Nacht … Das war deren Schuld, hätten die ihn nicht gestoßen, hätte der Alte keine Platzwunde am Kinn gehabt. Ich hab mich nur auf die Seite des Opas gestellt."

Der Türke hatte genug gehört. In seinem Kulturkreis war es inakzeptabel, einem Älteren keinen Respekt zu zollen, geschweige denn ihm Schaden zuzufügen. Sein Bruder musste wohl dasselbe gedacht haben. Denn bevor Orhan etwas sagen konnte, verrieb der Dickbäuchige dem größeren der Jungen den frisch zubereiteten Kebab im Gesicht. Innerhalb weniger Stunden musste der selbsternannte König der Straßen mehrfach den Kürzeren ziehen. Orhan verpasste beiden Möchtegern-Gangstern eine laut klatschende Ohrfeige, erst dem einen, dann dem anderen. Er war gerade im Begriff, die beiden vor die Tür zu setzen, nicht ohne ihnen vorher klargemacht zu haben, dass sie in Zukunft die Finger von Marek und Herrn Franck zu lassen hatten, als Marek sich noch einmischte.

"Mein Geld. Die haben mir 500 Euro abgenommen."

Der Türke schlug erneut die inzwischen halb geöffnete Ladentür zu und reihte eine Salbe türkischer Schimpfwörter aneinander.

"Ihr nix gut. Ich zeigen Euch, was Respekt bedeuten ... Geld zurück und mitkommen."

Den Geldbeutel warf er Marek zu, der seine Scheine herausfischte und einsteckte. Dann gab er seinem Beschützer die Geldbörse zurück. Orhan packte beide an den Ohren und verließ so den Laden und führte sie über den Marktplatz. Marek und der Imbissbudenbesitzer folgten ihnen mit etwas Abstand. Die Leute, die vor der geschlossenen Eisdiele und dem angrenzenden Schuhladen standen, beobachteten das Schauspiel, doch niemand mischte sich ein. Die Reaktionen der Passanten vor einem naheliegenden Bistro und einer Konditorei, welche ebenfalls über den verschneiten Markplatz schlenderten, waren ähnlich. Ein einziger, etwas ungepflegter Mann mittleren Alters erkundigte sich kurz, ohne sich von der Parkbank zu erheben, was das solle. Orhan wies ihn mit einem knappen Satz zurecht: "Ruhe. Du deine Bier trinken und ich Problem lösen."

Der Unrasierte widmete sich sodann ohne weitere Nachfragen seiner überdimensionierte Dose einer Billigmarke.

Nachdem sie den Marktplatz überquert hatten, bogen sie an einer Boutique am Ende des Platzes ab. Ein paar Meter weiter hatte der Taxifahrer in der Nacht zuvor seine Fahrgäste aussteigen lassen. Diesmal betrat er den Antiquitätenladen. Eine Glocke oberhalb des Eingangs gab bekannt, dass wohl Kundschaft eingetreten war. In diesem Fall handelte es sich um einen Überraschungsbesuch, so musste es Sixtus Franck wohl empfunden haben, als er aus dem hinteren Raum nach vorne trat. Sein erstauntes Gesicht wich einem bösen Lächeln.

"Na, wen haben wir denn da?", erkundete er sich, ohne eine Antwort zu erwarten.

Orhan reichte Sixtus Franck die Hand und erklärte ihm, was sich zugetragen hatte. Er übergab die beiden seinem Gegenüber mit den Worten, der Antiquitätenhändler hätte bestimmt etwas Arbeit für die Halbstarken, so dass sie mal etwas Nützliches in ihrem Leben leisten könnten.

"Durchaus habe ich Verwendung für die da", er nickte zu den schweigenden Kleinkriminellen, "kommt mit."

"Ich warten hier, muss gucken deine Laden", gab der Türke zu verstehen.

Marek wunderte sich darüber, welche Art von Arbeit Sixtus wohl für seine ehemaligen Kameraden hätte. Er hatte keine Lust darauf, ihnen nun täglich bei seiner sogenannten Ausbildung zu begegnen. Doch seinen Einwand würde er später hervorbringen. Herr Franck gab ihm zu verstehen, er solle bei dem Türken bleiben, er würde sich in ein paar Minuten wieder zu ihnen gesellen. Als er wie angekündigt nach kurzer Zeit wieder im Laden auftauchte, wandte er sich zuerst an den Taxifahrer.

"Ich danke Ihnen …"

Der Türke schnitt ihm das Wort ab: "Sagst du Orhan. Bin ich einfache Mensch."

"Gut, Orhan, dann biete ich dir ebenfalls das *Du* an, ich bin Sixtus", erneut reichten sie sich die Hände, "… hättest du heute Abend einen Termin frei? Ich würde gerne einen guten Freund, der in Begleitung seiner Nichte anreist, vom Flughafen Stuttgart abholen lassen."

Selbstverständlich hatte Orhan Zeit. Er hatte einen Riecher dafür, wo und von wem man einen guten Bonus bekommen könnte, wenn man verlässlich war. Für den Antiquitätenhändler hätte er auch bereits getroffene Vereinbarungen abgesagt oder verschoben. Sixtus informierte ihn über die Ankunftszeit des Fliegers und teilte dem Taxifahrer mit, dass Marek ihn begleiten würde. Dieser schaute etwas überrascht, hatte aber nichts einzuwenden. Als der Türke den Laden verließ, forderte Sixtus Franck seinen Schüler, auf mitzukommen.

Dieses Mal begaben sie sich durch den Torbogen, welcher in den hinteren Raum führte, den Marek in der Nacht zuvor nicht betreten hatte. Er unterschied sich kaum von dem Raum im vorderen Teil, auch hier gab es kaum ein freies Plätzchen zu entdecken, und Marek fragte sich, wie man hier den Überblick behalten konnte. Zwischen zwei bis an die Decke reichenden Glasvitrinen, welche die verschiedensten militärische Orden, Auszeichnungen und Waffen beinhalteten, verließen sie den Laden, hinaus in den

Hinterhof. Der quadratische Platz, welcher ringsherum von den Mauern der umliegenden mehrstöckigen Gebäude eingezingelt wurde, war das Gegenteil einer Oase der Erholung. Grauer Beton, auf dem sich Kisten in verschieden Größen stapelten. Zur rechten Seite entdeckte Marek Treppen, die wohl hinab in die Kellerräume des angrenzenden Gebäudes führen mussten. Sixtus gab ihm durch ein schweigendes Nicken zu verstehen, dass sie genau diesen Weg nehmen würden. Unten angekommen, bewunderte Marek das schöne, alte, handgeschmiedete Kastenschloss. Ob dies in der heutigen Zeit noch einen Einbrecher von seinen Taten abhalten konnte, war fraglich, aber optisch machte es doch etwas her und der Junge wunderte sich über sich selbst, dass er plötzlich anfing, den *"alten Krempel"* mit anderen Augen zu sehen. Seine Verwunderung nahm keinen Abbruch, als sie die Gänge schweigend durchliefen. Dass unter der Altstadt Leonbergs ein Labyrinth aus engen, unterirdischen Gassen bestand, wusste er nicht und es erschien ihm fraglich, ob dieses Gewölbe irgendwo verzeichnet war. Schon nach den ersten paar Schritten durch den klassischen Kellergang, welcher sich nicht sonderlich von dem seiner Großmutter unterschied, schob Sixtus Franck eine Schiebetür zur Seite, die von weitem noch wie eine kalte Betonwand ausgesehen hatte, und sie betraten eine unterirdische Welt aus festgetretenem Lehmboden und steinernen Bögen.

Marek hätte es die Sprache verschlagen, wenn er denn

gesprochen hätte. Doch diesen Anblick musste er schweigend verarbeiten. Es gab hier verschlossene Räume, deren Tore an eine mittelalterliche Welt erinnerten und die scheinbar jahrzehntelang nicht geöffnet worden waren. Spinnweben übersät und mit dickem Staub bedeckt, versperrten sie den Durchgang. Andere wiederum standen offen und so jedes höhlenähnliche Halbrund beinhaltete die verschiedensten Dinge. Weinfässer, die hier möglicherweise seit Jahrhunderten lagerten und von unschätzbarem Wert sein mussten.

Sixtus Franck unterbrach das Schweigen, als er Mareks Erstaunen bemerkte.

"Man sagt, der älteste trinkbare Wein wäre in Würzburg gelagert, im Kellergewölbe des Weinguts Bürgerspital. Der sogenannte Jahrtausendwein aus der Zeit Shakespeares, Martin Luthers und Kaiser Karl IV, stammt aus dem Jahre 1540. Diese hier sind um gut 200 Jahre älter", erteilte er seinem Schüler eine Lektion in Geschichte.

"Wow. Und warum weiß man dann nichts davon?" wunderte sich Marek.

Sixtus Franck lächelte nur verschwörerisch.

Ein anderer Raum beinhaltete altertümliche Waffen wie Lanzen, Schwerter und Morgensterne, Hellebarden und Armbrüste.

"… und das alles hier? Sind Sie Lieferant für Mittelaltermärkte?", fragte Marek.

"Ich glaube kaum, dass jemand auf diesen Veranstaltungen das nötige Kleingeld für eines dieser

Stücke hätte", schmunzelte Sixtus.

Er betrat den Raum und nahm eine etwa 80cm lange, kunstvoll verzierte Armbrust in die Hände.

"Schau dir dieses Exemplar an. Man behauptet, es würde in einem Braunschweiger Museum ausgestellt, doch dort ist nur ein Imitat vorhanden. Dies hier ist die Original-Armbrust des Herzogs Heinrich Julius, welcher 1564 geboren wurde und im Jahre 1614 verstarb."

Der Junge schüttelte den Kopf.

"Ich bin platt. Wer kümmert sich denn um das alles hier? Es scheint ja endlos so weiter zu gehen?"

"Das wirst du alles beizeiten erfahren", ignorierte Sixtus die Frage und führte seinen Schüler weiter.

Vorbei an Räumen, die auf den ersten Blick zu erkennen gaben, dass auch hier wohl wahre Schätze lagen. Erneut betrat der Alte einen kreisrunden Raum und erklärte Marek, dass hier einige der sakralen Kunstgegenstände aufbewahrt seien. Im Gegensatz zu dem unübersichtlichen Antiquitätenladen hatte hier anscheinend alles seine Ordnung. Jedes der einzelnen Stücke, der prachtvollen Kelche, Monstranzen, Reliquiare und vielen weiteren anderen bewundernswerten Kostbarkeiten bekam seinen Freiraum. Sixtus Franck wollte soeben seinen kleinen Geschichtskurs fortführen, als ein leises Bellen zu ihnen drang.

"Genug fürs Erste. Wir haben zu tun. Komm mit."

Marek konnte sich nicht erklären, wieso denn hier unten ein Hund anwesend sein sollte und wie dieser überhaupt hier hergelangt war. Doch hielt er sich dieses Mal mit seinen Nachfragen zurück. Inzwischen hatte er verstanden, dass ihm Sixtus nur so viel erzählen würde, wie er es für sinnvoll hielt. Nach und nach würde er wohl verstehen lernen, worum es hier ging. Doch eines war ihm klar geworden, seit sie sich durch diese unterirdische Welt bewegten: Seine sogenannte Ausbildung hatte etwas Phantastisches, Surreales an sich und er würde alles tun, um Sixtus nicht zu verärgern. Zu viele Geheimnisse gab es hier zu entdecken, als dass er sich dieses Geschenk würde wieder nehmen lassen. Zur gegenüberliegenden Seite, einige Meter weiter, führte ihn sein Lehrmeister in einen Raum, der an ein Labor erinnerte. Entlang den Wänden stauten sich Terrarien in den verschiedensten Größen und Längen. Reptilien aller Art fristeten hier ihr Dasein. Ebenso Schlangen in den unterschiedlichsten Farben. Zur anderen Seite reihten sich Käfige aneinander, in denen Mäuse herumwuselten und andere Behälter, in denen Insekten herumflogen oder hüpften. In der Mitte des Raumes Tische auf denen Erlenmeyerkolben, Rundkolben und andere Messkolben, teilweise freistehend, teils miteinander verbunden in allerhand Farben schimmerten. Petrischalen, Dosen und Laborflaschen, soweit das Auge reichte. Als Marek Sixtus in den Raum gefolgt war und die ersten Eindrücke aufgesaugt hatte, entdeckte er zwischen übereinander gestapelten Kisten Gitterstäbe, hinter denen sich schwanzwedelnd ein riesenhaftes

Wollknäuel mit Kulleraugen befand und ihn zu beobachten schien. Sixtus zog an dem Griff und trat in den kerkerähnlichen Raum. Er tätschelte den Leonberger am Kopf, welcher ihm sogleich die Hand leckte. Marek schaute sich auch hier um. Ausnahmsweise gab es, anders wie zuvor, nichts Besonderes zu entdecken. Ein Schlafgemach für den Hund, ein Futternapf und, was noch das Erstaunlichste war, eine relativ neue Badewanne. Der Junge fragte sich, wozu die hier war und woher wohl das Wasser kommen mochte? Als er sich neben Sixtus gesellte und der Hund ihn mit der Schnauze anstupste, übermannte ihn ein übler Gestank. Marek musste würgen und hob sich die Nase zu.

"Oh verdammt, was stinkt denn hier so abartig?"

"Was?", fragte Sixtus nach, doch hatte er sogleich die Antwort parat, "das kommt von Bruno, er leidet an Flatulenz", und deutete auf den Hund.

"Er leidet an was?", wollte Marek mit hochgezogener Nase wissen.

"Er hat ein Magenleiden, in Form verstärkter Entwicklung von Darmgasen, welche er ab und an rektal entweichen lässt. Um es mit deinen Worten zu sagen: Er muss ständig furzen."

"Mann, ich glaub, ich muss kotzen", würgte der Junge hervor.

"Von mir aus, aber vorher muss der Hund gebadet werden."

"Wie bitte? Und wer soll das bitteschön tun?", wollte Marek wissen, obwohl er die Antwort bereits ahnte.

"Na, was glaubst Du, wozu ich dich hierhergebracht habe?"

"Das ist nicht Ihr Ernst, oder? Soll so etwa meine Ausbildung ausschauen?", protestierte der Junge, obwohl er vor wenigen Minuten noch dachte, er würde alles tun, um seinen Lehrmeister zufrieden zu stellen.

"Ich dachte, Mrs. Campbell hätte dir mitgeteilt, dass deine Ausbildung erst am Montag beginnt?! Dies darfst du als einen Probetag ansehen und dazu bekommst du gleich die erste kostenlose Lektion verpasst", meinte Sixtus ernst.

"Was soll das denn bitte für eine sein?", wollte Marek missmutig wissen.

"Eine Lektion in Gehorsam!"

Der Junge schluckte und schloss kurz die Augen, um seine Gedanken zu ordnen. Schließlich nickte er bestätigend und versuchte den Koloss in Richtung Badewanne zu schieben. Dieser hatte wohl keine Lust und war kaum zu bewegen. Der Lehrmeister lachte laut auf und hatte Erbarmen mit seinem Schüler.

"Auf geht's, Bruno. Ab mit dir in die Wohlfühloase", er deutete zur Wanne.

Der Hund bellte laut auf und ließ die Zunge heraushängen. Trottete dann aber sogleich los und Marek konnte seine ersten nützlichen Taten vollbringen. Der Lehrmeister ließ die beiden alleine und ging ins Labor. Als eine halbe Stunde später Marek sich erkundigte, ob er denn mit seiner getanen Arbeit zufrieden wäre, begutachtete er Bruno und nickte kurz.

"Du kannst dich nun zum Mittagessen begeben. Deine Großmutter soll eine hervorragende Köchin sein, ließ ich mir sagen."

Marek nahm das Labor etwas genauer unter die Lupe.

"Wofür die ganzen Reptilien und Schlangen?"

"Unter anderem mische ich hier einige nützliche Mittel zusammen, wie du gestern Nacht ja selbst feststellen konntest."

Da fielen Marek seine ehemaligen Kollegen wieder ein, welche er wegen den ganzen wundersamen Überraschungen vergessen hatte.

"Wo haben Sie denn die beiden Penner hingebracht?", wollte er wissen, da er sie trotz der ausgiebigen Wanderung durch dieses Labyrinth bisher nirgends entdecken konnte.

"Vergiss diese nutzlose Typen. Mach dir darüber keine Gedanken", befahl er dem Jungen.

Natürlich machte er sich Gedanken, aber wenn der Alte nichts sagen wollte, dann half auch kein Bohren und Löchern. Also schob er den Gedanken beiseite und ließ sich wieder hinausführen, was doch einige Zeit in Anspruch nahm. Wieso nur war so eine fast schon gigantische Unterwelt niemandem bekannt? Irgendjemand musste doch Aufzeichnungen darüber besitzen. Doch da sich tatsächlich der Hunger meldete und Mareks Magen zu knurren begann, überlagerten alsbald Bilder von allerlei Köstlichkeiten wie Sauerbraten, Knödel und Sauce seine Fragezeichen. Er sollte wohl etwas entspannter an die Sache heran

gehen, auch wenn das leichter gesagt als getan war.
"Also gegen 17.00 Uhr dann. Du kannst hier auf Orhan warten. Wir sehen uns später. Grüße an deine Großmutter", verabschiedete Sixtus seinen Schüler vorerst und dreht ihm den Rücken zu, noch bevor Marek den Antiquitätenladen verlassen hatte.

Kapitel 10

Ich lag mit hinter dem Kopf verschränkten Armen auf dem Sofa, als Kati in die Wohnung stürmte. Ich erkannte sofort, dass mir Unheil bevorstand, da sie wort- und grußlos an mir vorbeihuschte und an ihrem Schreibtisch diese Miniatur eines Computers aufklappte. Die Technik hatte seit meinem letzten Erdenleben deutliche Fortschritte gemacht, wie ich feststellen musste. Sie tippte in einer Wahnsinnsgeschwindigkeit auf der Tastatur herum, als würde sie sonst nichts anderes tun. Schweigend verfolgte ich ihre hektische Aktivität, bis sie mich mit verärgerter Stimme zu sich kommandierte. Sie stand auf und befahl mir, mich auf ihren Platz zu setzen.

"Aha! Dachte ich es mir doch. Kannst du mir das erklären?", fragte sie mich in deutlich vorwurfsvollem Ton.

Ich verstand nicht so recht, was sie meinte, während ich auf eine Liste mit *meinem Namen und* irgendwelchen Adressen, samt Geburtsdaten und Foto starrte.

"Ich wüsste nicht, was ich dir erklären sollte?", erwiderte ich etwas dümmlich.

"Komm schon. Hör auf mich zu verarschen. Diese Liste hat mir ein Freund besorgt. Erstaunlicherweise gibt es mehr "Vincent Toths", als ich vermutet hätte, doch in Boston ist keiner verzeichnet. Und wenn ich mir diejenigen anschaue, bei denen zumindest das Alter ungefähr passen würde, dann muss ich feststellen, dass keiner auch nur eine gewisse Ähnlichkeit mit dir besitzt. Also? Was sagst du dazu?", fuhr sie mich an.

"Nun, dann muss die Liste wohl unvollständig sein, da ich ja vor dir sitze, nicht wahr?", versuchte ich nach dem letzten Strohhalm zu greifen.

Ich versuchte mich aufzurichten und wollte mich in diesem Moment aus dem Staub machen. Zu einer Romanze würde es wahrscheinlich sowieso nicht mehr führen. Sie muss mir wohl einen kräftigen Schlag gegen die Brust verpasst haben, denn spüren konnte ich zwar nichts, aber mein Körper reagierte sofort darauf, indem er gegen die Stuhllehne zurückgeschleudert wurde. Katarina griff nach dem schnurlosen Telefonhörer und begann Nummern einzutippen.

"Was machst du da? Wen rufst du an?", wollte ich nervös wissen.

"Es ist an der Zeit, die Polizei zu rufen. Mir wird das etwas zu unheimlich mit dir", erwiderte sie scheinbar emotionslos.

"Das kannst du nicht machen", protestierte ich.

"Und was sollte mich davon abhalten?"

Sie schien deutlich entschlossen und so endete meine Geheimniskrämerei.

"Warte, bitte. Wenn ich dir verspreche, dir die ganze Wahrheit zu erzählen, würdest du dann darauf verzichten, irgendjemanden zu informieren?"

"Abwarten. Kommt darauf an, was ich zu hören bekomme."

"Unglaubliches, das kann ich dir versprechen. Aber ich weiß nicht, ob ich dich vom Wahrheitsgehalt meiner Geschichte werde überzeugen können", gab ich Ihr zu verstehen.

"Versuche es", forderte sie mich auf auszupacken.

Was nun folgte, können Sie sich ja denken. Ich erzählte ihr, woher ich kam und was meine Aufgabe sei. Ich schilderte ihr, wie ich herumexperimentierte und meinen Körper manifestierte und warum ich an dem Straßenschild klebte, von dem sie mich ja befreit hatte. Doch wie nicht anders zu erwarten war, glaubte sie mir kein Wort, sondern polterte los, nachdem ich meinen Vortrag beendet hatte.

"Dass du ´nen Knall hast, wurde mir ja schon klar, nachdem ich feststellen musste, dass du dir dein Gesicht hast tätowieren lassen, aber mir so eine bescheuerte Story verkaufen zu wollen, ist das Absurdeste, was ich in meinem ganzen Leben zu hören bekommen habe …"

Hier musste ich sie unterbrechen, da sie den Telefonhörer erneut in der Hand hatte.

"Ich kann es dir beweisen", schrie ich auf.

"Du kannst hier schön sitzen bleiben, bis die Polizei da ist. Das kannst Du."

Ich schaute hektisch durch das Zimmer, in der Hoffnung, einen spitzen Gegenstand zu erblicken. Da entdeckte ich die Schere, welche auf der Ablage unterhalb der Tischplatte lag. Ich rollte mitsamt meinem Stuhl in Windeseile den knappen Meter zum kastanienbraunen Vierbein, indem ich mich mit den Füßen abgestoßen hatte, und ergriff das Schneidegerät. Bevor Katarina reagieren konnte, rammte ich mir die Spitze durch den Handrücken, so dass die Schere im hölzernen Wohnzimmertisch stecken blieb. Selbstverständlich hätte ich es der hübschen Blondine gerne erspart, sich dieses Spektakel anschauen zu müssen, doch leider hatte sie mir ja keine andere Wahl gelassen. Sie stand regungslos mit weit aufgerissenen Augen und offenem Mund da. Dies war, soweit ich mich erinnern kann, der erste Moment, in dem ich sie wahrlich sprachlos sah. Unfähig, etwas Vernünftiges sagen zu können, übernahm also ich das Wort.

"Möchtest du die Schere herausziehen oder soll ich das übernehmen?", fragte ich sie ernst.

Sie verneinte, indem sie nur den Kopf schüttelte. Also zog ich das soeben in die Hand gerammte Utensil selbst heraus und hob die Hand in die Höhe. Ich war dann doch auch selbst etwas überrascht, als ich folgendes Schauspiel miterleben durfte. Ich wollte mit dieser Aktion beweisen, dass ich blutleer war, dies gelang mir doch recht eindrucksvoll. Nun sahen wir aber beide, wie sich die offene Wunde von selbst wieder verschloss, und schon einige Sekunden später war nichts Ungewöhnliches mehr an der Handfläche zu erkennen.

"Das war ein Trick. Gib es doch zu. Du bist ein Illusionist. Das muss eine optische Täuschung gewesen sein", rief sie panisch.

Herr im Himmel aber auch. Diese Frau musste aber auch ständig etwas entgegensetzen.

"Und was ist mit den Raben? Die sind dir doch auch aufgefallen."

"Was haben denn bitteschön die Vögel mit deiner Story zu tun?", fragte sie herablassend.

"Das sind keine Vögel", versuchte ich ihr klarzumachen, "das sind meine Kollegen, die sich in Tierkörper manifestierten. Hast du sie denn bei deiner Vermieterin nicht auch gesehen? Am Fenster?"

Nein, hatte sie natürlich nicht. Spartacus war der einzige Zeuge für meine Behauptung, aber der würde kein Wort darüber verlieren, wie auch?

Katarina seufzte laut und ließ ihren Kopf und ihre Arme hängen. Sie grübelte. Ich wartete. Doch nach einer Zeit der Stille, kam es, wie es wohl kommen musste.

"Ich werde leider nicht schlau aus dir. Ich hab keine Ahnung, ob ich das richtige mache, aber in Ordnung, kein Bericht und keine Polizei, aber ...", sprach sie resignierend.

"Aber?", hakte ich nach.

"Aber du musst jetzt gehen. Mir egal wohin. Ich verstehe selbst nicht, warum ich dich nicht schon früher vor die Tür gesetzt habe. Wie dem auch sei. Geh jetzt, ohne Widerworte!", befahl sie.

Ich schaute kurz zu Boden, raffte mich dann aber auf, schließlich hatte auch ich meinen Stolz. Auf Wiedersehen, Spartacus, du kleine Ratte. Mach's gut, blonde Schönheit. Ich verließ die Wohnung, ohne mich herumzudrehen. Der stechende Schmerz in meinem nicht vorhandenen Herz begleitete mich und so stapfte ich hinaus in den zermatschten Schnee. Ich drehte mich noch einmal herum und betrachtete das wunderschöne, mittelalterliche Fachwerkhaus nun bei Tageslicht. Eine Tafel links des Eingangs informierte mich darüber, dass im Jahre 1537 einem Mitglied der Familie Beutelspacher, den Namensgebern des Hauses, auf Betreiben von Herzog Ulrich die rechte Hand abgehauen und wegen angeblicher Falschaussage die Zunge abgeschnitten wurde. Ich musste mich wohl glücklich schätzen, dass meine Karriere als Sensenmann nicht in der damaligen Epoche begonnen hatte. Ansonsten wäre es mir wohl nicht besser ergangen als dem besagten Herrn, obwohl ich Katarina ja die Wahrheit gesagt hatte. Missmutig zog ich meine Runden. Ich erkundete die Gassen der Altstadt und ignorierte die komischen Blicke der Passanten. Die Jüngeren hatten manchmal auch lobende Worte, was mein Äußeres betraf, doch ich hatte keine Lust auf weitere Konversationen und ging kommentarlos weiter. Eine hölzerne Fratze die mich dämlich von einer Hausecke aus anglotzte, schien wohl ihrer Aufgabe nicht ganz gerecht zu werden, wie mir ein gut gekleideter Herr mitteilte, der eine Touristengruppe mit Informationen versorgte. Möglicherweise konnte sie die *bösen Geister* im 15. Jahrhundert einschüchtern, doch bei mir verfehlte die breitmündige Visage ihre Wirkung. Ich stahl mich davon und ließ die wissenshungrigen Gaffer hinter mir. Ich zog vorbei am Gebäude, in dem der berühmte Johannes Kepler 1583 das Landesexamen bestanden hatte. Wenige Jahre zuvor war das leerstehende Frauenkloster in eine Schule und Jahrhunderte später in ein Museum umgewandelt worden. In der Pfarrstraße begutachtete ich gelangweilt das Geburtshaus des bedeutenden Philosophen Friedrich Wilhelm Joseph Schellings, der laut Inschrift in dieser ehemaligen Scheune 1775 das Licht der Welt erblickte. Ein Lutherus Einhorn, welcher traurige Berühmtheit als Hexenverfolger erlangte, unter anderem wegen des Hexenprozesses gegen Katharina Keppler, Mutter des Astronomen Johannes, hatte das Gebäude 1618 zum Wohnhaus umbauen lassen. Soll er doch, dachte ich mir. Ich hatte keine Lust mehr auf historische Weiterbildungsmaßnahmen. Ich musste endlich eine Lösung finden, doch was hätte ich tun können? Meine idiotischen Kollegen mussten sich ja halb totlachen, wenn Sterben im Bereich des Möglichen gelegen hätte, was für eine unsterbliche Seele eine nicht zu nehmende Hürde ist. Ich hatte das untrügliche Gefühl, als würden sie mich beobachten, aber schwarze Raben waren nicht in Sicht, was nichts zu bedeuten hatte. Ich lief eine schmalere Gasse unterhalb der Stadtmauer entlang und wollte in das modernere Gebiet des Ortes vordringen, als sich eine unsichtbare Mauer vor mir auftat. Ich verstand die Welt nicht mehr. Ich nahm Anlauf und wollte den Törlensweg verlassen, doch knallte ich lautlos gegen die mit den Augen nicht auszumachende Barrikade. Nach mehreren erfolglosen Versuchen kam mir eine Idee. Ich legte meine rechte Handfläche an das den Menschen verborgene Bollwerk und wanderte gemächlich los. Bald schon erhöhte ich meine Geschwindigkeit und rannte. Dieses Mal konnte ich von Glück sagen, dass es ein Vorteil war, keine Lunge zu besitzen, denn sonst wäre mir bald die Puste ausgegangen. Können Sie meine Verwunderung nachvollziehen, als ich meinen Marathon nach unzähligen Schritten am Ausgangspunkt beendet hatte und wieder dort stand, wo ich die Umrundung der Altstadt begonnen hatte? Ich fluchte innerlich. Ich saß fest. In einem überdimensionierten Gefängnis. Zu allem Übel auch noch in einer menschlichen Hülle, die ich zunehmend als Last empfand. Ohne zu wissen, wo ich mich hinbegeben sollte, zog es mich in den Kern der Altstadt, eine große Auswahl hatte ich ja nicht, und kurze Zeit später erkannte ich den Platz wieder, über dem ich in der vorangegangen Nacht hinweggeschwebt war. Da war dann auch der Brunnen wieder, über dem der blöde Ritter thronte. Gerne hätte ich das verschobene Duell nun aufgenommen, doch erschien es mir als zu riskant. Ich war so schon auffällig genug. Würde ich den steinernen Kontrahenten besteigen und bekriegen, wäre mir die Aufmerksamkeit der Spaziergänger gewiss und der nächste Schlammassel unabwendbar. So setzte ich mich nutzlos auf eine naheliegende Parkbank. Der frostigen Temperaturen wegen musste ich sie mit niemandem teilen und ließ die Gedanken schweifen, bis mich ein junger Knabe im Vorbeigehen ansprach.

"Wow! Cooles Outfit. Respekt", er hob den Daumen.

Hätte der Junge nicht diesen Kapuzenpulli mit dem Sensenmann und der Aufschrift *Black Sabbath* getragen, hätte ich ihn wohl wie die Anderen bisher auch erfolgreich ignoriert. Doch in dem Augenblick empfand ich es als eine Art Zeichen, ein Wink des Schicksals oder was auch immer. Aber der Totenkopf und die Band, die in mir Erinnerungsfetzen hervorriefen, mussten eine Bedeutung haben, zumindest klammerte ich mich an diese Hoffnung.

"Du hörst Black Sabbath? Die habe ich live gesehen."

"Ach echt? Ich leider nicht", erwiderte der Junge.

"Ja, muss so Anfang der 70er gewesen sein", meinte ich mich erinnern zu können.

"Quatsch, so alt bist du doch noch gar nicht", meinte Marek nun etwas enttäuscht.

Das hatte ich nicht bedacht. Natürlich würde es rechnerisch nicht passen, so denn ich ein Mensch wäre.

"Wie du meinst…", entgegnete ich nur kurz, etwas Besseres wollte mir nicht einfallen.

Mein Gegenüber gab nur einen Zischlaut von sich und verabschiedete sich.

Ich schaute ihm nach und er drehte sich auf der Mitte des Marktplatzes noch einmal nach mir herum. Vielleicht hatte ich die Begegnung überbewertet, doch ich empfing nun klarere Erinnerungen: Ein Konzert,

Menschenmassen, Drogen waren auch im Spiel, ein Krankenzimmer und ein Arzt, der mir die Augenlider schloss. Ich hatte genug gesehen und schüttelte die Visionen ab. Lieber dachte ich ans Bardo, da wollte ich wieder hin und sollte mir das gelingen, würde ich erst mal Dampf ablassen. Denen würde ich eine Standpauke halten. Mich so unvorbereitet hierher zu schicken. Ich kniff die Augen zusammen vor Verärgerung. Denn sofort wurde mir wieder bewusst, dass ich mehr oder weniger selbst schuld an meiner Hilflosigkeit hatte. So beschloss ich zu beten. Ja, ich weiß, wie lächerlich das klingen muss. Doch etwas Besseres wollte mir nun mal nicht einfallen und es geschah einfach nichts, dass mir nützlich gewesen wäre.

Sollten Sie mir bis hierhin aufmerksam gefolgt sein, würde ich mich nicht darüber wundern, wenn sich Ihnen die Frage aufdrängen würde, was denn dann Wunderbares hätte eintreten können, um meine Situation in eine für mich hoffnungsvollere Richtung zu lenken. Nun, sollte es so etwas wie Wunder tatsächlich geben, dann erschien mir dieses in Form einer alten, blinden, aber ansonsten noch putzmunteren Frau, die ihr Witwendasein mit täglichen Spaziergängen an der frischen Luft verbrachte. Die folgenden sieben Tage, ja, richtig, eine geschlagene Woche, verkrümelte ich mich an nicht allzu sehr belebten Plätzen. Was natürlich nicht ganz so einfach war in diesem begrenzten Gebiet. Doch Büsche, die ich noch etwas mit angesammeltem Geäst als Tarnung benutzte, verhalfen mir des Nachts. Tagsüber schlenderte ich umher, vermied aber den Kern der Altstadt mitsamt den Gaststätten, Banken und Geschäften. Kaum war also die zweite Woche angebrochen, begegnete ich dem Mütterchen zum ersten Mal. Ich saß auf einer Bank im sogenannten Pomeranzengarten, unterhalb des ehemaligen Schlosses. Die terrassenförmige Anlage lockte des Winters wegen nur vereinzelt Besucher an, so dass ich nicht auffiel; wenn sich doch jemand hierher verirrte, tat ich so, als wäre ich in den Artikel der aus dem Mülleimer gefischten Zeitung versunken. Nun, da Mechthild aber nichts sehen konnte, ließ sie sich von meinem Schauspiel auch nicht abhalten und begann eine höfliche Konversation, welche zu einem alltäglichen Ritual wurde. Ich muss gestehen, dass es für uns beide eine willkommene Abwechslung war, auch wenn wir manchmal nur schweigend nebeneinander saßen. Ihrem guten Herzen habe ich es wohl zu verdanken, dass sie mich gegen Ende der zweiten Woche meines irdischen Daseins zu sich zum Kaffee einlud und daraus eine erstaunliche Reaktion in Gang gesetzt wurde. Obwohl sie die Strecke in und auswendig kannte und mit ihrem Blindenstock selbstsicher die Hindernisse umkreuzte, hakte sich Mechthild bei mir ein. Als wir in die Oberamteistraße einbogen, konnte ich meine Nervosität nicht verdrängen und schaute im Vorbeigehen zu Katarinas Küchenfenster hoch. Ich hoffte zwar einen Blick erhaschen zu können, doch gleichzeitig befürchtete ich, entdeckt zu werden. So war ich letztendlich doch froh darüber, als wir wenige Schritte weiter auf der gegenüberliegenden Seite ein schmales, in die Höhe ragendes Haus betraten. Obwohl dieses mehrere Stockwerke besaß, war es nicht für mehrere Familien geeignet, und auf jeder Etage befanden sich zwei kleine Zimmer. Im Erdgeschoß bat mich Mechthild, am Küchentisch Platz zu nehmen. Meine angebotene Hilfe lehnte sie ab und deckte den Tisch routiniert alleine. Nachdem sie uns den frischen Kaffee eingeschenkt hatte, schlürfte ich geräuschvoll, ohne einen Schluck zu trinken und spuckte lautlos selbigen wieder zurück in die Tasse. Da mir auch in den letzten Tagen trotz höchster Konzentration keine weiteren Manifestierungen gelingen wollten, blubberte sogar noch Katarinas Tee in mir, ohne dass ich mich hätte entleeren können. Auf weiteren Inhalt musste ich also verzichten. Ich schaute mich schweigend in der spärlich eingerichteten Behausung um, während die gute Seele von den alten Zeiten sprach. Schließlich holte sie mich zurück ins Hier und Jetzt.

"Sagen Sie, Vincent, wie kommt es, dass ein junger, kräftiger Bursche wie Sie täglich im Park sitzt. Müssen Sie denn nicht arbeiten?", fragte sie zwar neugierig, aber ohne erkennbaren Vorwurf, nach.

"Die Auftragslage ist zur Zeit nicht so gut", erklärte ich.

"In welchem Bereich sind Sie denn tätig?", hakte sie nach.

Ich überlegte kurz, ob ich nochmals den Seelsorger

erwähnen sollte, entschied mich dann aber für eine neue Variante.

"Beim Bestattungsdienst", grinste ich.

"Aber Menschen sterben doch immer", wunderte sich Mechthild, "wie können Sie da von einer Flaute sprechen?"

"Da haben Sie natürlich recht, aber die Konkurrenz hat mich aus dem Geschäft gedrängt", sinnierte ich weiter.

Mechthild nickte verständnisvoll und beklagte sich sogleich über die heutige Zeit und die Ellbogengesellschaft.

"Nun, wovon leben Sie denn dann?", fragte Sie besorgt.

"Von dem, was mir die Natur so schenkt", meinte ich überzeugend.

Ich war gut. Sehr gut sogar. Ich hatte das Herz der Dame schon vor Tagen erobert, doch nun hatte ich auch noch ihr Mitgefühl und so kam ich weg von der Straße und hatte ab dem Zeitpunkt ein Dach über dem Kopf.

"Ich habe zwar keine allzu üppige Rente, aber ein Bett und eine warme Mahlzeit kann ich Ihnen gerne anbieten."

Sie erklärte mir, dass ein Nachbarsjunge die Einkäufe erledigte, für ein kleines Taschengeld, und das solle auch so bleiben, aber für kleinere Hausmeistertätigkeiten könnte sie mich gut gebrauchen, außerdem genieße sie meine Gesellschaft. Ich tat so, als könne ich ihr Angebot nicht annehmen,

doch vollführten meine Atome innerlich
Freudentänze.

Kapitel 11

Marek hatte sich den Bauch vollgeschlagen, und obwohl es keinen Sauerbraten gegeben hatte, war er wieder mal hochzufrieden mit Omas Verköstigung. Schnitzel mit Pommes konnte er schließlich jeden Tag essen. Gesättigt tauchte er im Antiquitätenladen auf. Von Sixtus Franck war weit und breit nichts zu sehen. Also begab er sich hoch in die Büroräume und hoffte, Mrs. Campbell anzutreffen, um nicht alleine auf Orhan warten zu müssen. Großmutters Bekannte war auch tatsächlich anwesend und begrüßte ihn wie immer sehr freundlich, sie bot ihm an, Platz zu nehmen, und widmete sich erneut dem Telefon. Der Junge lauschte ungeniert.

"… Ja, Richard, das ist korrekt. Mr. Franck bestätigte mir, die sieben Anwärter wären inzwischen alle gefunden worden und befänden sich in der Obhut der jeweiligen Meister", sprach Mrs. Campbell, während sie nebenbei etwas zu notieren schien.

Marek zuckte unmerklich zusammen. Anwärter? Sieben? Meister? Ging es hier auch um ihn?

"Die Vorkehrungen wurden bereits getroffen, Richard, und wir erwarten Sie dann nächste Woche", beendete sie grußlos das Gespräch.

Marek rutschte auf seinem Stuhl hin und her.

"Wer ist Richard?", erkundigte er sich.

Mrs. Campbell setzte ihre Lesebrille ab und lächelte ihn an.

"Marek, mein Lieber. Natürlich verstehe ich deine Neugierde, aber du solltest wissen, dass du so oder so schon zu den Privilegierten gehörst und dich glücklich schätzen kannst, dass du Einblicke in Dinge und Geschehnisse bekommen wirst, die dem größten Teil der Menschheit für immer verborgen bleiben werden. Aber glaube mir, es wäre besser, wenn du dich in Geduld üben würdest, um Mr. Franck nicht zu verärgern", sie setzte ihre Brille wieder auf und kritzelte weiter in ihrem Notizblock herum.

"Warum sollte ich ihn damit verärgern?", fragte Marek verwundert nach.

Dieses Mal machte sich Mrs. Campbell nicht die Mühe, die Lesebrille abzusetzen und schaute nur über den oberen Rand hinweg zu dem Jungen.

"Weil alles seinen geregelten Gang gehen muss und wir uns in einer Phase befinden, in der Mr. Franck auf höchste Konzentration angewiesen ist. Mit deinen Fragen lenkst du ihn womöglich nur von den wichtigen Dingen ab."

Damit beendete sie die Fragerunde und Marek verstand überhaupt nichts. Doch während er noch vor sich hin grübelte, tauchte Orhan auf, was dem Jungen eine willkommene Abwechslung bot, da er verstanden hatte, dass er auf erneutes Nachfragen nur Schweigen ernten würde. Der Türke war um einiges redseliger als Mrs. Campbell und so verflog die Zeit, bis sie am Stuttgarter Flughafen eintrafen. Orhan hatte einen

Pappkarton bemalt, ohne dass es ihm von Herrn Franck aufgetragen worden war, und so sah das Willkommensschild ziemlich lächerlich aus. Mit grünem Filzstift hatte er in dicken Lettern *"Hlavacek mit seine Nihte"* draufgeschrieben. Als Marek Ihn darauf hinwies, man würde es korrekterweise anders schreiben, winkte er nur ab und fragte den Jungen, woher er das wissen wolle. Der Türke würde schließlich schon länger als er in Deutschland leben.

"Was?", fragte Marek lachend, "ich lebe seit meiner Geburt hier."

"Und wie alt du sein?", setzte er nach.

"Ich bin 17. Warum?", tat der Junge verwundert.

"Siehst Du, junge Kollega. Ich länger in Deutschland. Du 17 Jahre. Ich 32 Jahre", er lächelte zufrieden und Marek gab sich geschlagen.

Die Maschine aus Prag landete pünktlich. Schon bald darauf glitt die Schiebetür zur Seite, welche den Bereich zur Gepäckaufnahme und Zollkontrolle von den übrigen Hallen des Gebäudes trennte, und die ersten Fluggäste tauchten auf. Wartende Menschen begrüßten die Ankömmlinge. Orhan hob sein Schildchen in die Höhe und grinste die Vorbeigehenden an. Marek lächelte in sich hinein, als er den Taxifahrer beobachtete. Als schon fast alle Passagiere an ihnen vorbeigelaufen waren, trat ein ziemlich kleiner Mann in schwarzem Mantel und mit schwarzer Melone auf dem Kopf an sie heran. Eine junge Dame, welche ihn deutlich überragte, zog einen Koffer hinter sich her und folgte ihm. Marek war enttäuscht. Aus irgendwelchen Gründen hatte er sich diese Begegnung anders vorgestellt. Er hatte sich gedanklich auf einen freundlichen, netten Herrn und auf ein schüchtern wirkendes, etwa gleichaltriges Mädchen eingestellt. Nun erkannte er leider schon auf den ersten Blick, dass wohl nur seine Vermutung bezüglich des Geburtsdatums der sommersprossigen und langhaarigen Blondine einigermaßen zutraf. Der Tscheche meinte gleich zur Begrüßung herablassend, Orhan solle das Schild im Mülleimer entsorgen. Er hätte noch keinen lächerlicheren Empfang erlebt. Seine hochnäsige Nichte verdrehte dabei bestätigend die Augen und verzog ihre Lippen. Na, ganz toll, dachte sich Marek und hoffte, er würde die nächsten Tage nicht allzu viel Zeit mit den beiden verbringen müssen. Als ihm seine Altersgenossin auch noch den ausgezogenen Griff ihres Koffers in die Hand drückte und dabei ihre Augenbrauen hochzog, was wohl so viel wie: Worauf wartest Du? bedeuten sollte, hatte der Junge nur noch eines im Sinn: Sobald sie in Leonberg ankommen würden, müsste er sich schleunigst aus dem Staub machen. Er hatte nicht das Bedürfnis, ihre Bekanntschaft zu intensivieren. Nachdem auch der Türke schweigsam die Rückfahrt hinter sich gebracht hatte, wurde Marek in seinem Entschluss nur noch bestärkt. Im Antiquitätenladen angekommen wartete er ungeduldig die Begrüßung ab und wandte sich dann an Sixtus: "Ich mach mich mal vom Acker. Ihre Gäste haben wir ja heil abgeliefert. Wir sehen uns dann am Montag, nehme ich an, oder?"

"Ich hatte mir gedacht du könntest Karolina morgen etwas die Stadt zeigen", gab er seinem Schüler zu verstehen.

Weder Marek noch die junge Tschechin schienen von Herrn Francks Vorschlag begeistert zu sein, was Marek grummelnd auch zu verstehen gab, doch Sixtus duldete keine Widerworte und so entließ er den Jungen für den heutigen Tag mit einem Auftrag für den folgenden. Orhan beobachtete noch immer schweigend den Vorgang, kassierte sein Geld und dankte für den üppigen Bonus. Schließlich verließ er mit seinem neugewonnenen jungen Kollegen den Laden.

"Komische Menschen", meinte Orhan auf der Straße.

"Das kannst du laut sagen. Mann, bin ich froh, dass der Tag rum ist. Ich brauch jetzt erstmal ein Bier, willst du mitkommen?", fragte er den Türken.

"Ja, warum nicht. Genug Arbeit für heute", nahm er die Einladung an.

In einer naheliegenden Kneipe setzten sie sich an die Theke. Marek bestellte sich ein Glas Bier, während Orhan sich mit einem Glas Wasser begnügte, er erklärte dem Jungen, dass er keinen Alkohol trinken würde, nicht der Religion, wegen sondern weil er es in seiner Jugend manchmal übertrieben hatte und deswegen in allerlei heikle Situationen geraten war. Marek nickte verständnisvoll.

"Was du machen genau bei diese Herr Franck", wollte Orhan nach einiger Zeit wissen.

"Ehrlich gesagt, kann ich dir dazu nichts Genaueres

berichten. Ab Montag fange ich ´ne Ausbildung dort an, aber irgendwie ist alles etwas seltsam", meinte Marek nachdenklich.

"Warum seltsam?", wunderte sich Orhan.

"Na ja. Eine Ausbildung als Tischler, aber hast du dort ne Werkstatt gesehen, oder andere Azubis? Hier geht es sowieso um etwas ganz anderes, aber ich glaube, darüber darf ich nichts erzählen", erklärte Marek.

"Hmm, warum Geheimnis? Wo Problem?", wunderte sich der Türke.

"Geheimnis ist ein gutes Stichwort. Ich glaube, ich soll in so etwas wie einen Geheimorden eingeführt werden, aber behalte das mal bitte schön für dich", gab der Junge etwas angeberisch Auskunft.

Orhan lachte laut auf: "Geheimorden, ja? Das nur Märchen, glaube ich nix. Aber passt du auf, Kollega, wenn du denken, etwas nix gut, du kommen zu Orhan, Okay?"

Marek war froh darüber, dass er sich jemanden anvertrauen konnte. Sicher war das gegen die Spielregeln und weder Mrs. Campbell noch Sixtus Franck durften davon erfahren. Aber trotz seiner Neugierde sagte ihm seine innere Stimme, dass er sich absichern musste. Schließlich konnte er noch nicht abschätzen, was hier wirklich vor sich ging. Das Labyrinth unterhalb der Altstadt, das jedoch behielt er vorerst für sich und erwähnte es nicht. Den restlichen Abend verbrachten die zwei mit anderen Themen und einem Würfelspiel. Gegen Mitternacht trennten sich ihre Wege.

Kapitel 12

Als der Türke und der Junge den Antiquitätenladen verlassen hatten, führte Sixtus seine Gäste durch den Hinterhof, hinunter in die jahrhundertealten Gewölbe. Hlavacek und seine Nichte liefen deutlich routinierter durch die Gänge, als es Marek getan hatte. Sie waren nicht zum ersten Mal hier und doch war dieser Aufenthalt etwas Besonderes, ja Einzigartiges. Generationen hatten sich darauf vorbereitet, an den folgenden Geschehnissen teilhaben zu können, doch erst jetzt, vor wenigen Tagen spielte ihnen das Schicksal das bisher fehlende Puzzlestückchen in die Hände. Als das wertvolle Manuskript bei Grabungsarbeiten unterhalb einer ehemaligen Kapelle, welches sich auf Hlavaceks Gehöft befand, entdeckt wurde, herrschte unsagbarer Aufruhr unter den sieben Meistern. Als dann jeder von ihnen eine Kopie in Empfang genommen und studiert hatte, war jedem bewusst, dass die Zeit gekommen war und sie kurz vor dem Ziel standen. Jahrhundertelang schien der Mensch dem Tod nichts entgegensetzen zu können, doch nun gab es einen Lichtblick und sie hatten den Trumpf im Ärmel.

Als die drei hinter Francks Labor in einen weiteren Gang eingebogen waren, an dessen Ende Stufen noch weiter in die Tiefe führten, taten sich weitere Räume zur Linken und Rechten auf. Im Gegensatz zu den Lagerräumen oberhalb dienten diese hier zum Aufenthalt für die Mitglieder des Ordens. Fackeln beleuchteten hier unten die Umgebung. Karolina betrat ihr Zimmer und würdigte die zwei Jungs mit keinem Blick, welche seelenlos, die Ankömmlinge nicht zur Kenntnis nehmend, den Raum auf Vordermann brachten. Hlavacek dagegen beobachtete interessiert die mechanischen Bewegungen.

"Wie viele von den armseligen Kreaturen hast du denn inzwischen angesammelt?", fragte er Sixtus, ohne ihn anzuschauen.

"Ich führe nicht Buch darüber. Das hier sind meine beiden Neuen. Ich erzählte dir ja von ihrem versuchten Überfall auf mich", antwortete er mit einem dämonischen Grinsen.

"Wie ich dich kenne, hast du Vorkehrungen getroffen, was eventuelle Vermisstenanzeigen betrifft", mutmaßte der Tscheche.

"Selbstverständlich. Wem es möglich ist, einen geplanten Tiefgaragenbau unterhalb der Altstadt um genügend Meter zu versetzen, damit unser jahrhundertealtes Versteck nicht entdeckt wird, für den ist so eine Banalität wie das Vertuschen einer Vermisstenmeldung ein Kinderspiel", antwortete Sixtus stolz und selbstsicher.

"Bokor kapab, yo gen pouvoua sekré", sprach Hlavacek mehr zu sich selbst, als er die Zombies beobachtete.

Darauf schaute Karolina emotionslos die beiden

älteren Herren an und sagte: "Die Hexer sind zu allem fähig, sie besitzen die geheime Macht."

Sixtus Franck schaute das Mädchen verwundert an und zollte ihr seinen Respekt: "Du sprichst inzwischen also auch noch Kreolisch?!"

"Das tut sie. Ein Jahr Aufenthalt bei Ricardo, unserem Voodoo-Priester auf Haiti, genügte ihr, um sich die Sprache anzueignen. Neben Latein, Altgriechisch, Aramäisch und ein paar moderneren Sprachen ist Kreolisch nur eine weitere in ihrem Repertoire. Ich sagte dir ja, sie ist ein wahres Sprachtalent und ist mir seit längerem von großem Nutzen. Ohne Karolina wäre es deutlich umständlicher gewesen, an manche Übersetzungen der Schriftrollen zu gelangen."

Nur allzu gut wusste Sixtus, wie wichtig es wahr, ihre angesammelten Dokumente geheim zu halten. Da war es nur von Vorteil, dass sein Freund Pavel seine Nichte von klein auf in ihre Pläne miteinbezogen hatte und sie für die Zukunft vorbereiten und schulen konnte. Sixtus befahl den Seelenlosen, einer anderen Beschäftigung nachzugehen, und geleitete Hlavacek in den angrenzenden Raum, als er Bruno bellen hörte. Ein weiterer Junge stand verloren in dem Gang und suchte verwirrt die Umgebung nach etwas Bekanntem ab. Der Altmeister trat ihm energisch entgegen, packte den Jungen mit einer Hand am Kopf und presste seinen Daumen an die Stirn des Verlorenen. Lauthals redete er auf den Zitternden ein, indem er eine Formel auf Kreolisch herunterbetete. Als Bruno das Knurren einstellte und sich an Sixtus´ Beine schmiegte, wusste er, dass er den Jungen wieder unter Kontrolle hatte. Anerkennend spitzte Hlavacek die Lippen und nickte dabei.

"Ich sehe, auf Bruno ist nach wie vor Verlass. Er spürt also tatsächlich jedes Mal, wenn sich die Seele zurück in den Körper bewegt? Faszinierend", stellte er fest.

"Die meisten Tiere haben ein Gespür dafür. Aber Bruno hab ich darauf trainiert, die Typen hier in Schach zu halten und mich darauf aufmerksam zu machen, wenn einer wieder zu Bewusstsein kommt. Deswegen ist mir all die Jahre auch nicht ein Einziger entwischt", erklärte Sixtus, während er dem Hund über den Kopf tätschelte.

"Sehr gut. Dennoch stinkt das Vieh immer noch wie eine ganze Büffelherde", bemerkte Hlavacek.

"Ja, die Flatulenz macht ihm nach wie vor zu schaffen, leider hab ich in all den Texten kein brauchbares Mittel gefunden, womit ich ihm hätte behilflich sein können. Muss wohl daran liegen, dass in den vergangenen Epochen der Gestank zum Alltag gehörte", stellte Sixtus fest und betrat mit dem Tschechen das Schlafgemach.

"Wann treffen die Anderen ein? Vor allem Richard?", wollte Pavel wissen, während er sich in einem runden, an der Wand befestigten Spiegel betrachtete und seine Melone vom Kopf nahm.

"Übermorgen müssten alle anwesend sein. Richard wird als letzter spät in der Nacht eintreffen. Er befindet sich noch in New York", gab ihm Sixtus bereitwillig Auskunft, während Hlavacek seine grauen

Haare zu einem Seitenscheitel kämmte.

"Gut, dann würde ich sagen, werde ich mich ein wenig ausruhen und wenn es dir recht ist, könnten wir beim Abendessen schon mal gewisse Details besprechen", schlug der Tscheche vor.

Sixtus Franck erklärte sich einverstanden und entgegnete, er würde den Speisesaal vorbereiten lassen.

Die Halle, deren gewölbte Decke von breiten Säulen getragen wurde, und Gemälde mit dämonischen Motiven aus verschiedenen Epochen die Wände zierten, wurde vom Flackern der Kerzenleuchter nur spärlich beleuchtet. Das Schattenspiel warf geisterhafte Zungen an die Wände und auf den Boden, als würden böse Mächte nach den Seelen der Anwesenden greifen. Als es schon fast Mitternacht geschlagen hatte, gesellte sich Hlavacek in Begleitung seiner Nichte zu Sixtus, der an einem offenen Kamin ins Feuer starrte. Es duftete nach gebratenen Hähnchen und süßlichem Wein. Die in schwarze Gewänder gehüllten Seelenlosen deckten die Tafel, welche in gerader Linie durch die Mitte verlief.

"Erstaunlich, erstaunlich, mein alter Freund. Es gibt nichts, was diese Gestalten nicht tun würden. Ich sehe, Verhungern und Verdursten werden wir wohl nicht müssen", freute sich der kleine Mann.

"Nehmt Platz, es ist reichlich vorhanden. Greift zu und lasst es euch schmecken."

Sixtus übernahm das Einschenken des Rotweins selbst und füllte die Messingbecher bis zum Rand. Er ließ seine Gäste sich erst einmal den Bauch vollschlagen, bevor er zu den wichtigen Themen überging. Doch kaum hatten jene zu Ende gespeist, ließ er den Tisch abräumen und verlor keine Zeit mehr.

"Womöglich hat sich einer der Seelenabholer schon manifestiert", begann er stirnrunzelnd, "zumindest liegt es im Bereich des Möglichen. In dem Text, welchen du mir kürzlich übergeben hast, steht: *Sobald alle Teile der Schrift erneut das Licht der Welt erblicken, wird sich der schwarze Mann in der Stadt des Labyrinths im Gewand des Todes aufmachen, um in fester Gestalt eine Seele zur anderen Seite zu begleiten.*"

"Durchaus, da gebe ich dir recht Sixtus. Doch werden wir wohl Richards Ankunft abwarten müssen, bis wir uns auf die Suche machen können. Ohne den neuentwickelten *Soulfinder* würden wir ihn nicht erkennen, selbst wenn er direkt vor unserer Nase stünde", gab Pavel zu bedenken, während er mit einem Zahnstocher die Reste des Hähnchens aus seinen Zahnlücken stocherte.

Karolina, die bisher schweigend daneben gesessen und sich während des späten Abendmahls, von dem sie nur wenig gekostet hatte, auf die verschiedenen Ölgemälde konzentriert hatte, brachte ihren Unmut zum Ausdruck.

"Ich würde gerne bemerken, dass ich nicht nachvollziehen kann, warum ich morgen meine Zeit mit dem Banausen verbringen soll. Es wäre mir lieber, ich könnte mich zurückgezogen auf den Tag des Umbruchs vorbereiten."

Die beiden Männer schauten sie nachdenklich an. Ihr Onkel nahm einen kräftigen Schluck von dem Rotwein, der schon nach kürzester Zeit seine Wangen in dieselbe Farbe verwandelte. Sixtus zog einen sechsarmigen Kerzenständer näher und stellte ihn zwischen sich und dem Mädchen. Ernst schaute er Karolina tief in die Augen.

"Ich finde es durchaus lobenswert, dass du dich nicht ablenken lassen möchtest, doch musst du verstehen, dass es absolut notwendig ist, den Jungen dazu zu bringen, freiwillig am Ritual teilzunehmen. Das dürfte dir hoffentlich klar sein, schließlich gehörst du, seit dem du sprechen kannst, zu den wenigen Eingeweihten. Ich bitte dich also, nein, ich fordere von dir absolute Disziplin und Gehorsam", entgegnete er eindringlich.

Karolina schaute grimmig und versuchte noch einmal den Altmeister umzustimmen: "Dessen bin ich mir selbstverständlich bewusst, aber ich wüsste nicht, warum ich für diese Rolle die Geeignete sein sollte. Es gibt nichts, worüber ich mich mit diesem Tölpel unterhalten könnte. Monika trifft doch bald ein und als gebürtige Züricherin hätte sie keine Verständigungsprobleme, was die Sprache betrifft, warum also nicht sie?", wollte Sie wissen.

Sixtus blieb äußerlich gelassen, aber er machte nicht den Eindruck, als würde man ihn umstimmen können. "Was die Sprache betrifft, kommt tatsächlich nur ihr beiden in Frage, doch fehlt Monika das notwendige schauspielerische Talent, um dem Jungen den Kopf zu verdrehen", stellte Sixtus fest.

"Ich gab ihm bisher aber keinen Grund, weiteres Interesse an mir zu zeigen", protestierte die junge Tschechin.

"Marek hat in Sachen *Liebe* noch keine Erfahrungen sammeln dürfen. Er ist ein Außenseiter. Das ist für dich, meine liebe Karolina, ein Kinderspiel. Er wird dir aus der Hand fressen wenn du dir etwas Mühe gibst", gab Sixtus zu verstehen.

"Genug jetzt, Mädchen", mischte sich ihr Onkel ein, "Du tust, was Herr Franck für richtig hält, wir sollten unnötige Komplikationen vermeiden und er ist nun mal derjenige, der den perfekten Ablauf entwickelt hat."

Missmutig stimmte Karolina zu.

"Nun denn, wir sehen uns also morgen früh, es ist spät geworden", verabschiedete sich der Altmeister.

Die folgenden beiden Tage verbrachte Karolina ihre Zeit mit Marek, so wie es ihr aufgetragen worden war. Herr Franck hatte natürlich recht, der Junge stellte sich tatsächlich nicht sonderlich geschickt an und seine Unsicherheit war ihm deutlich anzumerken, doch die Tschechin überspielte gekonnt ihr Desinteresse. Im Gegenteil, sie gaukelte ihm Sympathie vor. Der Junge kam ziemlich griesgrämig im Antiquitätenladen an, als er sie das erste Mal abholte, aber da Karolina ein süßes Lächeln aufgesetzt hatte und schon nach den ersten gemeinsamen Schritten um Verzeihung gebeten hatte, was ihr unhöfliches Auftreten am Vortag betraf, lockerte sich der Junge etwas. Als sie dann auch noch scheinbar interessiert zuhörte, als er über verschiedene Rockbands erzählte, war das Eis seinerseits geschmolzen. Sie ging mit ihm mittags Cheeseburger essen, obwohl sie Fastfood hasste. Sie hatte sich ins Kino einladen lassen und fand den Film, den er ausgewählt hatte, bescheuert. Warum Jungs auf Autorennen, wilde Verfolgungsjagden und Schießereien standen, konnte sie sowieso noch nie nachvollziehen. Aber wenn es der Sache dienlich sein sollte, würde sie noch Langweiligeres über sich ergehen lassen, dachte sie sich. Die persönliche Grenze, welche sie für sich gesetzt hatte, war ein intimerer körperlicher Kontakt, aber bei dem unerfahrenen Teenager hatte sie sowieso nichts zu befürchten, das war ihr klar, und geschickt begann sie ihn zu manipulieren und mit seinen Gefühlen zu spielen. Als sie am zweiten Tag so scheinbar ganz nebenbei erwähnte, dass sie davon überzeugt sei, er hätte mit Sicherheit schon viele Freundinnen gehabt und die Mädchen müssten ihm ja scharenweise nachlaufen, da war es um Marek geschehen und er konnte das nervöse Kribbeln in seiner Magengrube nicht mehr leugnen. Karolina wusste instinktiv, als Marek sich manchmal beim Sprechen zu verhaspeln und zu stottern begann, dass sie ihn fast soweit hatte und er ihr bald aus der Hand fressen würde. So lenkte sie am zweiten Abend, während sie in einer kleinen Bar saßen und sie ihre Hand auf seine legte, was für das Mädchen die selbstauferlegte Obergrenze des körperlichen Kontaktes sein sollte, das Gespräch auf den Orden.

"Du durftest also auch schon ins Labyrinth?", fragte sie.

Marek versuchte cool zu wirken und steckte sich eine Zigarette an, bevor er antwortete. Der Kellner musste ihn wohl als Volljährig eingeschätzt haben, denn niemand machte sie darauf aufmerksam, dass der Zugang zur Raucherkneipe erst ab dem achtzehnten Lebensjahr gestattet war.

"Ja, aber ich glaube, ich hab noch lange nicht alles gesehen. Würde echt gern wissen, was es da noch so alles zu entdecken gibt."

Karolina lächelte ihn an und hob eine Augenbraue.

"So einiges, das kannst du mir glauben. Wusstest Du, das es einige Ebenen gibt, die noch weiter in die Tiefe reichen?", fachte sie seine Neugierde weiter an.

"Im Ernst? Woher weißt du das?", fragte Marek erstaunt nach.

"Ich war schon oft hier. Von klein auf an sozusagen. Du glaubst gar nicht, was du für ein Glück hast, dass der Altmeister ausgerechnet dich ausgesucht hat", verriet sie ihm.

"Altmeister? Und inwiefern ausgesucht? Wir sind uns zufällig begegnet und ich glaube eher, Mrs. Campbell hat ihn da etwas beeinflusst, da sie mit meiner Oma befreundet ist", widersprach der Junge vorsichtig.

"Ach, du wusstest das gar nicht? Sixtus Franck ist der Ranghöchste der Loge. Und du kannst dir sicher sein, dass weder etwas zufällig geschieht noch dass sich unser Altmeister von irgendjemandem dirigieren lässt", zwinkerte sie ihm zu.

"Aber was ist denn der Sinn der Organisation? Bisher hält er sich mehr als bedeckt mir gegenüber."

"Glaubst du an Magie, Marek?"

"Hmm ... keine Ahnung. Eigentlich nicht, wieso?" fragte er skeptisch.

"In Ordnung, glaubst du daran, dass es noch andere Welten gibt? Nicht sichtbare Welten, meine ich. Ich rede nicht von anderen Planeten und bewohnten Sonnensystemen."

Marek schaute eindeutig etwas verdutzt drein. Er hatte sich zwar mit Aleister Crowley und dem Orden Argenteum Astrum auseinandergesetzt, doch glaubte er nicht ernsthaft an okkulte Dinge und schwarze Magie. Er mochte es einfach, sich etwas zu gruseln, und es erschien ihm interessanter, über und von Personen zu lesen, die es tatsächlich gab und sich mit diesen Dingen auseinandersetzten, als sich billige Horrorromane reinzuziehen. Da fiel ihm die Situation wieder ein, als Sixtus Franck den Satz sagte, der von dem okkulten Orden stammte: *Tu, was du willst, sei das Gesetz.*

"Sag mal, keine Ahnung, warum ich das frage, hab da einfach ein komisches Gefühl, aber es geht hier nicht um Argenteum Astrum, Aleister Crowleys Orden, oder? Ganz ehrlich, das wäre nicht mein Ding", sagte er irritiert.

Das erste Mal gelang es ihm Karolina zu überraschen, damit hatte sie nicht gerechnet. Sie hatte ihm nicht zugetraut, dass er jemals etwas über den selbsternannten Antichristen gehört hatte, dennoch hielt sie ihn für ein einfaches Bauernopfer.

"Da kann ich dich beruhigen. Es gab zwar Kontakte zwischen den verschiedenen Orden, als Crowley noch am Leben war, doch gab es Differenzen und soweit ich weiß, erloschen die Gespräche nach Crowleys Tod im Jahr 1947 gänzlich."

"Hmm … okay und worin besteht nun der Sinn *unseres* Ordens? Gibt es denn überhaupt einen Namen?", informierte sich Marek weiter.

"Um es kurz zu halten, Sixtus wird dir schon noch detailliertere Ausführungen liefern, es gibt magische Rituale, die funktionieren. Und ein Zweck des Ordens ist, den biologischen Tod auszuschalten. Die Medizin wird es nie so weit bringen, das sowohl Körper wie Gehirn zeitlos funktionieren, doch wir können das erreichen. Wie du siehst, steht nichts Böses hinter unseren Absichten", versuchte sie seine Zweifel zu beseitigen.

"Aber warum macht man das dann nicht öffentlich, sondern versteckt sich vor den Augen der anderen?"

"Wahrscheinlich aus dem Grund, weil die Reaktionen der Menschen, Medien und politischen Führer nicht gerade wohlwollend wären. Von den kirchlichen Vertretern wollen wir erst gar nicht sprechen. Und was glaubst Du, wie viele uns einfach ins Lächerliche ziehen würden? Du selbst zweifelst doch an der Magie an sich, nicht wahr?", fragte sie ihn augenzwinkernd.

"Na ja, was wäre denn schon dabei wenn man sich

über euch lustig machen würde, soll doch jeder denken, was er will, oder nicht?", konterte Marek.

"Ich bitte dich. Du hast ja keine Ahnung, welche namhaften Personen dem Orden schon angehörten und unsere jetzigen Meister hätten ihren guten Ruf zu verlieren und bei manchen wäre mit Sicherheit sogar die pure Existenz gefährdet."

Gut, das leuchtete Marek ein. Dennoch konnten seine Zweifel nicht ganz beseitigt werden. Aber eines war gewiss. Seine Neugierde würde noch eine Weile anhalten und sein Interesse an Karolina erst recht. Er knabberte nervös an seiner Unterlippe, als ihm das Mädchen erklärte, sie würden sich langsam auf den Weg machen müssen, die sieben Meister würden bald eintreffen und sie würde alle persönlich begrüßen wollen.

"Sechs Meister, nehme ich an. Du hast dich vertan, oder?", gab der Junge fragend von sich.

"Nein, wie kommst du darauf? Es werden sieben eintreffen. Definitiv", wunderte sich Karolina.

"Aber, ich hörte Mrs. Campbell mit einem gewissen Richard telefonieren, und sie sagt ungefähr so etwas wie: Die sieben Meister hätte alle Schüler beisammen ... so in etwa, ich weiß es nicht mehr genau, zumindest bin ich davon ausgegangen, dass ich dann ja wohl auch dazugehören müsste. Also können ja, wie gesagt, nur sechs Meister eintreffen", konterte er.

"Aber nein. Du spielst eine andere Rolle, das wirst du schon noch erfahren, aber wenn du mir nicht glaubst,

136

dann zähle einfach mal mit", lächelte sie wissend, "Da wären also Ricardo in Begleitung von Maria, ein Haitianer. Dann noch Kenan und Amela aus Bosnien. Weiterhin Jean-Luc und Sophie aus Frankreich sowie Nils und Inga aus Schweden. Francesco und Giulia aus Italien und Johannes und Monika aus der Schweiz. Mein Onkel und Ich, wir sind ja schon angekommen. Nun, wie viele Meister hast du gezählt?"

Marek war etwas enttäuscht, welche Rolle hatte er dann einzunehmen? Doch sein Enthusiasmus wurde sogleich neu entfacht, als er zu wissen glaubte, dass er wohl eine Sonderstellung einnehmen müsse, da er ja dem Ranghöchsten persönlich unterstellt war. So steigerte sich seine Vorfreude erheblich und er konnte es kaum abwarten, am morgigen Montag bei Sixtus Franck anzutreten, sei es auch nur, um Karolina zu imponieren. Doch eine Frage hatte er noch, bevor er das blonde Mädchen mit den Sommersprossen zurück begleiten würde: "Aber da wäre dann ja noch Richard. Ist der denn kein Meister?"

Karolina schüttelte den Kopf: "Nein, ist er nicht. Er gehört dem Orden nicht mal an. Er ist nur ein begabter Uhrmacher."

"Was? Ein Uhrmacher? Verstehe ich nicht", stellte Marek verwundert fest.

"Menschen sind käuflich, Marek. Wir haben zwar hochintelligente Meister, die aber allesamt nicht besonders technisch versiert sind, zumindest nicht in dem erforderlichen Maße. Und trotz aller Magie bedarf es manchmal auch technischer Hilfsmittel, die aber anhand der Ausführungen und Beschreibungen in alten Schriften erst angefertigt oder umgebaut werden müssen. Dafür ist Richard zuständig."

Am darauffolgenden Montag erschien Marek überpünktlich bei seinem Vorgesetzten. Er hatte sich frisch geduscht, einparfümiert und seine Haare gekämmt. Entgegen seiner bisherigen Gewohnheiten schmierte er sich sogar etwas zu viel Gel auf den Kopf, alles um Eindruck zu schinden, sowohl bei Sixtus Franck als auch und vor allem bei der jungen Tschechin. Das Wetter veränderte sich in den darauffolgenden zwei Wochen, und die höheren Temperaturen kündigten den verfrühten Frühling an. Schmetterlinge flatterten nicht nur in der Landschaft herum, sondern breiteten sich vor allem in Mareks Bauch aus. Tag für Tag zeigte ihm Sixtus neue Räume des Labyrinths, weihte ihn in bestimmte alte Schriften ein, wobei er ihm die Übersetzungen der Originale in die Hand drückte, und doch erschien es dem Jungen so, als würde man ihm etwas Wichtiges verheimlichen wollen. Doch stets beruhigte er sich selbst, sobald sich ihm wieder neue Einblicke boten. Wirklich merkwürdig fand er nur den Umstand, dass er die anderen Meister nur einmal kurz zu Gesicht bekommen hatte und dass alle Schüler dem weiblichen Geschlecht angehörten. Allesamt ignorierten sie ihn, blieben aber höflich. Doch da Karolina zumindest gegen Abend immer wieder Zeit für ihn fand, spielte es sowieso keine allzu große Rolle. Als zu Wochenbeginn, nach vierzehn Tagen, Sixtus meinte, er würde dem Jungen die tiefergelegene Etage zeigen, in denen sie bald Geschichte schreiben würden, konnte Marek die Spannung kaum mehr ertragen. Noch hatte er nichts wirklich Magisches erlebt, keine paranormalen Geschehnisse noch irgendwelche Hexereien. Alle Texte, die ihm zum Studieren gereicht worden waren, waren bisher nur bloße Theorie. Sollte also tatsächlich ein Fünkchen Wahrheit in dem Erlernten stecken, so dürfte er wohl Seltsames und vielleicht sogar Spektakuläres erleben. Die Nacht vor dem angekündigten besonderen Tag hatte er kein Auge zugemacht. Die Aufregung ließ ihn nicht zur Ruhe kommen. Bald, ja sehr bald würde er wissen, ob er auch in Zukunft seine Begeisterung aufteilen würde müssen oder nur noch für Karolina parat halten würde.

Kapitel 13

Der weiße Winter hatte sich in nichts aufgelöst. Die Frühlingssonne grüßte vom Himmel herab und Mechthild war stets bester Laune, was ich von mir nicht behaupten konnte. Doch mein schauspielerisches Talent ließ mich nicht im Stich und so war ich ihr ein treuer und freundlicher Hausgast, der sich für etwas länger eingenistet hatte. Doch Mechthild schien sich nicht daran zu stören. Die Tage vergingen und wir hatten angenehme Gespräche. Manchmal war sie doch erstaunt darüber, welch geschichtliche Kenntnisse ich hatte, und sie erfreute sich meiner präzisen und lebhaften Beschreibungen der längst vergangenen Zeiten, so als könnte sie selbst in die Geschichte eintauchen und ein Teil davon sein, gab sie zu verstehen. Es geschah zwar nicht sehr häufig, doch immer wieder einmal, da konnte es brenzlig werden. Immer dann, wenn sie etwas zu fürsorglich wurde und bestimmte Behördengänge ansprach, die ich doch erledigen solle, wenn ich vorhabe, dauerhaft bei ihr zu wohnen. Schließlich wäre doch in Deutschland alles sorgfältig geregelt und ich hätte Anspruch auf soziale Hilfe, aber auch Pflichten, wie die Meldebescheinigung beim Einwohnermeldeamt und ähnliches. Es gelang mir dennoch aber immer, mich erfolgreich davor zu drücken, und beruhigte die gute Seele damit, es wäre nur eine Art touristischer Aufenthalt. Sie solle sich nicht unnötig sorgen. Die ersten Tage wagte ich mich nicht aus dem Haus und wog mich in Sicherheit, im Schutze des Hauses. Doch gegen Ende der ersten Woche, da geschah es. Ich stand oben in der ersten Etage neben meinem Bett am Fenster und schaute nachdenklich hinaus auf die Einbahnstraße. Es war noch sehr früh am Morgen und es herrschte Stille. Plötzlich wurde ich aus meinen Gedanken gerissen. Ein vertrautes Bellen drang zu mir hinauf. Ich schaute zwar täglich immer wieder verstohlen hinüber zu dem alten Fachwerkhaus, welches sich nur einige Meter entfernt befand, doch hatte ich bisher kein Glück und es wurde mir verwehrt, Katarina auch nur von hinten zu erblicken. Doch an diesem besagten Freitag wendete sich das Blatt. Spartacus' nervtötende Laute versetzten meine Atome in Aufruhr und ich schob die Gardine zur Seite. Und da sah ich sie. Es hatte sich nichts geändert. Ich fand sie immer noch wunderschön und am liebsten wäre ich hinuntergestürmt und hätte ihr einen guten Morgen gewünscht. Doch im letzten Moment riss ich mich am Riemen und brachte meine vibrierende Existenz wieder unter Kontrolle, dennoch spähte ich ihr hinterher, bis sie aus meinem Blickfeld verschwand. So stand ich noch eine halbe Ewigkeit, in der Hoffnung, ich würde sie auf ihrem Rückweg noch einmal zu Gesicht bekommen, doch leider musste ich feststellen, dass sie wohl auf dem Nachhauseweg entweder von der anderen Seite in die Straße eingebogen sein musste, oder dass sie ihren Miniaturhund mit zur Arbeit genommen hatte. So war ich dann auch ziemlich zickig an diesem Tag, zumindest für eine männliche Ausgabe eines Sensenmannes, und unterlag heftigen Stimmungsschwankungen. Doch am folgenden Tag kam mir eine sensationelle Idee, wie ich fand. Als Mechthild und ich am Frühstückstisch saßen, sie ihr gekochtes Ei mit einem Butterbrot genüsslich verspeiste und Kaffee trank, verschluckte sie sich und bekam einen heftigen Hustenanfall. Ich erschrak aufs Heftigste, denn zwei Dinge geschahen. Kurz bevor sie zu ersticken drohte, begann ich, ein leises Geräusch zu vernehmen. Zuerst ganz leise, doch dann brummte es regelrecht. Ungefähr so, als würde man den durch Buddhismus und auch den Hinduismus bekannten Om-Laut mit einem ratternden Mixer vermischen. Danach sah ich die verschiedensten Leuchtpunkte um sie herum aufblitzen. Ich erkannte sofort, dass sie nah dran war, über den Jordan zu gehen. Und dann fuhr mir die Angst in meine spärlich vorhandenen Knochen. Würde ich Mechthild hinüber begleiten, wär's das mit Katarina eindeutig gewesen. Vorgestern noch hätte ich es akzeptiert, doch nachdem ich Sie nun wieder gesehen hatte, konnte ich nicht einfach so verschwinden. Ich wollte noch etwas erledigen. Ich stellte also fest, dass ich Anzeichen bemerkte, wenn eine Person möglicherweise zu gehen bereit war oder zu gehen gezwungen werden sollte. Und ich stellte fest, dass ich den Wunsch verspürte, Katarina davon überzeugen zu müssen, dass ich nicht gelogen hatte. Und so ließ ich mir alles noch einmal genau durch den Kopf gehen. Doch sollte ich ganz nebenbei noch erwähnen, dass ich Mechthilds Leben durch ein paar kräftige Schläge auf den Rücken noch etwas verlängerte. Selbstverständlich wollte ich nur das Beste für die alte Dame. Und sollte ich erneut gegen irgendwelche Richtlinien für Sensenmänner verstoßen haben, indem ich sie nicht gehen ließ, so war mir das in diesem Moment mehr als egal. Schließlich hing ich ja immer noch hier fest, ohne dass mal jemand vorbeigeschwebt wäre, einfach um mal nach meinem Befinden zu fragen. Natürlich war ich deswegen angesäuert, doch inzwischen hatte sich ja die Lage dahingehend gewendet, dass es mir sogar recht war. Denn von nun an würde ich einen Plan aushecken, um mich anständig von der hübschen Journalistin verabschieden zu können. Danach würde ich alles dafür tun, um Mechthild heil und zufrieden im Bardo abzuliefern, wie auch immer das vonstattengehen sollte. Doch meine Motivation wurde entfacht. Ich hatte Feuer gefangen. Nachdem sich Mechthild aufs Bett gelegt hatte, um sich von ihrem Schock zu erholen, studierte ich die örtliche Tageszeitung. Die politischen Berichte und den Sportteil ignorierte ich. Generell war mir das Geschriebene egal, mein Blick überflog suchend die Namen der Reporter und Journalisten, die am Fuß eines jeden Artikels angeführt wurden. Als ich schließlich in den regionalen Klatschspalten angekommen war, entdeckte ich sie, Katarina Sadlowski. Aufmerksam las ich das Gedruckte und leider muss ich Ihnen gestehen, dass ich etwas enttäuscht wurde. Nicht wegen der Qualität des Textes oder der Schreibweise, sondern weil ich mir dachte, dass so eine talentierte junge Frau Besseres verdient hatte, als über einen organisierten Tanzabend im örtlichen Altenheim zu berichten. Doch genau an dieser Stelle erkannte ich es, hier war meine Chance, ihr zu helfen, sie auf der Karriereleiter voranzutreiben und mir, nach erfolgreichem Tun, die angestrebte Glaubwürdigkeit zu erarbeiten. Der Plan war simpel und doch erforderte er ein paar bestimmte Vorbereitungen und eine gewisse Portion Mut gehörte auch dazu. Ich musste den Schutz meines selbsterwählten Bunkers verlassen und mich unters Volk mischen. Ich hatte Glück, dass Mechthild auf ein gepflegtes Äußeres Wert legte. Ich fand es bewundernswert, wie es ihr jeden Tag trotz fehlenden Augenlichtes aufs Neue gelang, Puder, Lippenstift und Kajal aufzutragen und dabei auch noch wirklich gute Resultate zu erzielen. Mechthilds Kosmetiksammlung bot mir genügend Auswahl um mich bei meinem Vorhaben dahingehen zu unterstützen, dass ich nicht als Gevatter Tod auf die Straße musste. Na ja, ich sah dann zwar eher nach einem Clown aus, doch erntete ich dafür eher schmunzelnde und lachende Reaktionen. Bei meinen Streifzügen durch die Altstadt, bevor ich bei der alten Dame einzog, wurde ich noch deutlich skeptischer begutachtet und es geschah schon mal, dass man sogar die Straßenseite wechselte, um näheren Kontakt mit mir zu vermeiden, was ich aber auch nicht für das Schlechteste hielt. Ich betrachtete mich also im Badezimmerspiegel und schmiedete Pläne. Dabei stellte ich fest, dass ich mehr über diese summenden und brummenden Geräusche und die Lichtblitze in Erfahrung bringen musste. Dies würde mir aber nur gelingen, wenn ich beim Ableben eines Menschen vor Ort sein würde, so viel schien klar zu sein. Ich schaute kurz bei Mechthild im Schlafzimmer vorbei und erkundigte mich nach ihrem Wohlergehen: "Ist soweit alles gut bei Ihnen?"

"Es geht schon wieder, ich ruhe mich nur noch etwas aus, danke", erwiderte sie leise.

"Ich werde mich heute mal etwas in der Stadt umschauen", informierte ich sie.

"Ja, das ist eine gute Idee. Es wird auch mal Zeit, dass du dich unters Volk mischst", duzte sie mich.

Ich streifte also über den Marktplatz, der sich um die Ecke befand. Anfangs noch zögerlich, wurde ich dann immer gelassener, als ich die mich anlächelnden Gesichter bemerkte. An den verschiedenen Ständen, die übers Wochenende aufgebaut worden waren, herrschte rege Betriebsamkeit. Um was für eine Veranstaltung es hier genau ging, erschloss sich mir nicht. Da ich keine Anzeichen eines bevorstehenden Ablebens eines Marktbetreibers oder Besuchers feststellen konnte, zog ich somit schleunigst in die angrenzenden Seitenstraßen zurück. Ich suchte verzweifelt nach irgendeinem Omen und meine Gedanken kreisten ohne Erlass um Katarina. Nachdem ich wohl etwa eine Stunde umhergeirrt war, setzte ich mich frustriert in einem nicht eingezäunten, kleinen Hof auf eine hölzerne Bank. Ich stand der Kapitulation nahe und dachte mir schon, dass ich meinen so gut ausgeklügelten Plan wohl etwas überdenken müsse, als ich sie bemerkte. Im Nachhinein muss ich wohl behaupten, sie bemerkten mich. Das aufkommende Schwindelgefühl kündigte mir die Begegnung zwar schon an, doch war mir dieses zu jenem Zeitpunkt noch nicht bewusst. Mit der Zeit gewöhnte ich mich daran und es sollte mir noch von großem Nutzen werden. Wie ich also gedankenverloren vor mich hinstarrte, begann sich die Welt um mich herum zu drehen und ich krallte mich an der Parkbank fest. Erst nachdem sich die beiden schwarzen Raben auf der mannshohen Mauer zu meiner Linken niederließen und ich die Stimmen wiedererkannte, stabilisierte sich mein Gleichgewichtsgefühl wieder. Wie schon bei Katarinas Vermieterin plapperten sie auf mich ein.

"Erinnerst du dich jetzt? Nutze deine Möglichkeiten. Lass los. Ignoriere deine Zweifel. Folge den Lichtblitzen. Lass los. Achte auf die Zahlen."

Ich sprang auf. Ich sprang auf die Vögel zu. Diese flatterten sogleich in die Höhe, doch blieben sie, mich umkreisend, oberhalb meiner Selbst.

"Was soll ich loslassen? Auf was für Zahlen soll ich denn achten?", schrie ich in die Höhe.

"Lass los. Halte nicht an deinem Ego fest. Erinnere dich. Lass los und die Blitze und Zahlen werden dich leiten. Lass los."

Ich drehte mich um meine eigene Achse und schaute panikartig umher, ob jemand dieses Schauspiel beobachtet hatte. Doch in dieser Gasse war ich der einzige Zweibeiner, welcher die Geschehnisse zu Gesicht bekam. Eine weiße Katze flitzte an mir vorbei. Ansonsten gab es keine weiteren Zeugen. Ich hatte schon die nächsten Fragen auf den Lippen, als die Vögel immer weiter in die Höhe stiegen und schlussendlich hinter den gegenüberliegenden Dächern meinem Blick entschwanden.

Ratlos blieb ich zurück. In meinem Geiste wiederholte ich die gehörten Worte und versuchte mir einen Reim darauf zu machen. Mein Ego? Was sollte das denn, bitteschön. Loslassen? Von mir aus, nur wie sollte ich das denn, bitteschön, wieder anstellen? Als hätte mein Unterbewusstsein nur auf diese Frage gewartet, sah ich die Antwort vor meinem inneren Auge. Halte an nichts fest, weder am Bardo noch an dieser Welt und lasse dich treiben, denn alles ist vergänglich und nichts von ewigem Bestand. Da sackte ich erneut auf der Parkbank zusammen und ließ diese Einsicht wirken. Eine innere Ruhe überkam mich und ich glaube mich erinnern zu können, dass erste Mal seit meiner Manifestation glücklich gelächelt zu haben. Dies war meine zweite Geburtsstunde in Eurer Welt. Meine Sicht veränderte sich wie durch ein Wunder. Nichts erschien mehr wie in Stein gemeißelt. Ich sah die Gebäude, die Straßen, die Natur, ja einfach alles, aus schimmernden, unsagbar schnell umherflitzenden Punkten bestehen. So erkannte ich, dass es aus einer undurchdringlichen Dichte bestand und gleichzeitig einer Illusion ähnelte. Das musste das so viel gepriesene dritte Auge sein. Spielerisch war es mir ab diesem Moment an möglich, meine Sicht zu steuern und die Welt so zu sehen, wie Ihr sie wahrnehmt oder aber in den nichtphysischen Kanal zu wechseln. Von nun an vernahm ich plötzlich auch das leise, gleichbleibende Surren. Ich konzentrierte mich darauf und sofort vernahm ich die verschiedenfarbigen Lichtblitze, welche um meine Aufmerksamkeit buhlten. Im Zick-Zack-Kurs lenkten sie mich durch die Gassen. Blieb ich stehen, kamen sie auf mich zugeschossen, um sich mit einer irrsinnigen Geschwindigkeit wieder fortzubewegen. Ich verstand den Wink. Ich wurde geleitet. Nun begann ich zu rennen. Ich wusste mit unumstößlicher Gewissheit, dass mich diese leuchtenden Blitze auf etwas hinweisen wollten. Da die Altstadt nur ein begrenztes, nicht sehr großes Gebiet umfasste, musste das Ziel schon greifbar nahe sein. Und so geschah es dann auch. Vor einem kleinen Häuschen, das mich an die Grimm'schen Märchen erinnerte und ich sogleich eine Hexe damit assoziierte, wurde das Surren und Brummen etwas lauter. Die Lichtblitze verwandelten sich in leuchtende Punkte und bildeten einen sich in der Luft schnell drehenden Kreis, direkt vor einem Fenster, durch welches ich aber nicht hindurchschauen konnte. Ich trat näher heran. Mit meinen Fingerspitzen konnte ich die Glasscheibe berühren, durch meine Wegweiser aber drang meine Hand ohne Widerstand hindurch. Ich versuchte auch gar nicht mehr das leuchtende Karussell zu greifen, sondern machte einen Schritt zurück und ließ es auf mich wirken. Wann? Drängte sich mir die Frage auf und ich staunte nicht schlecht, als plötzlich in der Mitte des Kreises vibrierende Römische Ziffern auftauchten. Hier stand es in die Luft geschrieben. Das morgige Datum. Ich las es mir selbst flüsternd vor und sogleich verwandelten sich die Ziffern in eine altertümliche Taschenuhr. Die Zeiger standen auf 07.43 Uhr. Ich stellte mir die Frage, wie ich wissen konnte, ob es morgens oder am Abend geschehen würde. Da verwandelte sich auch die Taschenuhr und zwischen den Lichtblitzen tauchte die Sonne auf und bewegte sich in die Mitte. Sonnenaufgang also, verstand ich. Ich lächelte. Dann lachte ich laut. Ich bedankte mich, auch wenn ich nicht genau sagen könnte, wem ich hier dankte. Ob die Lichtblitze irgendetwas Lebendiges waren oder eine Art Programm, wusste ich nicht, aber ich war dankbar und dies brachte ich zum Ausdruck. Irgendjemand würde es schon zur Kenntnis nehmen. Morgen früh also. Ich würde anwesend sein. Was dann genau geschehen würde, konnte ich nur ahnen. Würde ich überhaupt ins Haus gelangen können? Ich wusste es nicht. Aber ich würde hier einen gewaltigen Schritt vorankommen. Da war ich mir sicher. Bestens gelaunt eilte ich zurück zu meiner Bleibe. Pfeifend schaute ich nach

Mechthild. Die alte Dame begrüßte mich freudig.

"Hoppla, dein kleiner Ausflug schien dir gut getan zu haben?"

"Das hat er. Ja, definitiv", antwortete ich.

"Was ist der Grund für deine gute Laune? Wenn du mir die Frage gestattest?", erkundigte sie sich.

"Ich glaube, ich bin auf etwas gestoßen, das mich bei meiner Zukunftsplanung deutlich voranbringt. Da ich aber erstmal die weitere Entwicklung abwarten möchte, würde ich jetzt nur ungern ins Detail gehen. Ich hoffe das stört Sie nicht", bat ich sie um Verständnis.

"Ach nein. Das ist schon in Ordnung. Hauptsache, dir geht es gut", erwiderte sie ebenso gut gelaunt.

Da fiel mir etwas ein, das ich sie schon länger fragen wollte und es bisher immer verschoben hatte.

"Mechthild, ich würde Sie auch noch gerne etwas fragen. Ich hoffe nur, dass ich Sie damit nicht kränke."

"Das werden wir ja sehen, frag einfach, Vincent", forderte sie mich auf, während sie einen Apfel zu schälen begann.

"Wieso haben Sie denn die Tageszeitung abonniert obwohl Sie doch nichts sehen können?", fragte ich etwas zögerlich.

"Ach weißt Du, ich war ja nicht immer blind, lieber Vincent. Mein Augenlicht verlor ich vor 12 Jahren. Ich habe das Abo einfach laufen lassen und manchmal liest mir der Nachbarsjunge etwas vor, wenn ich ihn bitte", erklärte sie.

Gut, ich gab mich mit der Antwort zufrieden und für

mein Vorhaben war es ja von enormem Vorteil. Nachdem wir den Abend zusammen vor der Flimmerkiste verbrachten, obwohl Mechthild nichts davon sehen konnte und ich nichts sehen wollte, da ich mit meinen Gedanken schon beim nächsten Tag war, begaben wir uns irgendwann zu Bett. Ich trug die alte Dame in ihr Schlafzimmer, als sie eingeschlafen war, und deckte sie zu. Ich jedoch fand keine Ruhe und wartete den Sonnenaufgang ab, indem ich ziel- und rastlos durch das Haus wanderte.

Noch bevor meine Gastgeberin ihre Nachtruhe beendet hatte, verschwand ich und steuerte das Hexenhäuschen an. Der Klang der Kirchenglocken verriet mir, dass ich noch mehr als eine Stunde Zeit hatte, bis das angekündigte Ereignis stattfinden sollte. Wie am Vortag setzte ich mich auf die grüne Parkbank im Hof und rührte mich nicht vom Fleck. Punkt sieben Uhr entdeckte ich die beiden schwarzen Raben, wie sie das Dach der kleinen Hütte umkreisten. Ohne ihre Flügel überanstrengen zu müssen, ließen sie sich vom aufkommenden Wind durch die Lüfte tragen. Als es halb acht schlug, beschloss ich, meine Sicht zu ändern und die mir neu entdeckte oder geschenkte Fähigkeit des Sehens mittels des dritten Auges zu nutzen. Würde ich hier tatsächlich einem Übergang des Menschen, welcher sich in dieser Behausung aufhalten musste, beiwohnen, wäre es mir nur auf diesem Wege möglich, das Geschehen zu beobachten. An meine eigenen Übergänge, nach den unzähligen Leben zwischen Euch in dieser Welt, hatte ich nur vage Erinnerungen. An die Leben selbst und meine Aufenthalte in der Seelenwelt dagegen deutlich präzisere. Mir fiel ein Stein vom Herzen, als ich erkennen durfte, dass mir meine Sinne keinen Streich spielten. Tatsächlich umhüllte ein milchiger Nebel zur angekündigten Uhrzeit die Umgebung, und mit offenem Mund stand ich fest angewurzelt da und sah eine Frau in bestem Alter in Begleitung einer leuchtenden Person davonschweben. Schlagartig kam die Erinnerung zurück. Es gab im Bardo keine äußerlich alten Menschen. Die Seelen präsentierten sich in ihrem wohl besten Zustand. Der Nebel verschwand und meine Sicht passte sich wieder an die Eure an. Die schwarzen Raben, so verstand ich nun, mussten eine andere Rolle spielen. Sie waren zwar zugegen, wenn jemanden das Zeitliche segnete, doch waren sie nicht die Seelenabholer. Waren sie etwa nur wegen mir hier? Falls ja, warum?

"Hey, ihr zwei", schrie ich in die Höhe, "warum beobachtet ihr mich?"

Nichts und niemand bleibt unbeobachtet. Lass los. Erfülle deine Aufgabe. Erinnere dich an den Zweck deines Aufenthaltes. Lass los.

Grimmig starrte ich die Vögel an. Sicher, es war ja schön, endlich mal Kontakt zu haben. Doch die philosophischen Äußerungen empfand ich als unpassend. Konnte man mir nicht einfach zurufen: "Hör zu, Kollege, du wurdest hergeschickt, um Person X oder Y abzuholen, dieses Ereignis findet am Soundsovielten um diese oder jene Uhrzeit an dem und dem Ort statt. Des Weiteren erwarten wir von dir das oder jenes und nach erfolgreich erledigter Arbeit wanderst du zurück in dein heimeliges Bardo. Auf Wiedersehen."

Scheinbar war dies nicht möglich oder man wollte mich auf eine Schnitzeljagd schicken und machte sich einen Spaß daraus. Wäre ich in einem meiner irdischen Leben ein Immanuel Kant, Friedrich Nietzsche oder Sokrates gewesen, von mir aus, dann hätte ich vielleicht auch die Fähigkeit gehabt, mich mit den mir übermittelten Befehlen intensiv auseinanderzusetzen, doch eingangs hatte ich es ja schon erwähnt, ich war bisher immer und ohne Ausnahme ein praktisch orientierter Mensch gewesen und eine ziemlich gechillte Seele.

"Ja, ja, schon gut, Batman 1 und 2, sollte mich mein Gedächtnisschwund verlassen, kümmere ich mich darum, worum auch immer. Jetzt hab ich Wichtigeres zu erledigen. Guten Flug, ihr beiden", rief ich ihnen entgegen und machte mich auf und davon. Sie werden es wahrscheinlich für sehr unrealistisch halten, wenn ich Ihnen die folgenden Tage schildere, doch wie realistisch ist denn die Existenz des Sensenmannes? Und doch gibt es mich und die meinen. Okay, mich könnte man bis hierhin als etwas untalentierten Gevatter Tod ansehen, aber auch nicht jeder Fastfood-Imbissbesitzer ist ein 5-Sternekoch. Nun, zurück zu den folgenden Tagen. Obwohl diese Altstadt recht überschaubar ist, wurde sie von Todesfällen überrollt. Sieben Tage lang hatten meine

Arbeitskollegen einiges zu tun. Es grenzte schon an Akkordarbeit und ich fragte mich ob es eine Gewerkschaft im Bardo gab, falls nicht, könnte ich mich nach meiner Rückkehr dafür einsetzen. Wie Sie nun schon ahnen können, hatte auch ich volles Programm. Ich stellte mich voll und ganz auf die Lichtblitze und das surrende Geräusch ein. Notierte mir die Ankündigungen und beauftragte den Nachbarsjungen, wir hatten inzwischen ein freundschaftliches Verhältnis, bei Katarina Sturm zu klingeln und ihr meine Notizen zu übergeben. Auf Nachfragen solle er sich dumm stellen. Für ein Taschengeld, welches ich mir wiederum von Mechthild borgte, erledigte er alles gewissenhaft. Von nun an beobachtete ich die Vorgänge aus sicherem Abstand, ohne selbst entdeckt zu werden. Gott sei es gedankt, dass ich mich in der hübschen Journalistin nicht getäuscht hatte, ihrer beruflichen Neugierde wegen erschien sie, den Hinweisen folgend, rechtzeitig an den vorgegeben Tatorten. So hatten alle Parteien einen wahren Marathon zu überstehen. Obwohl es die Tage keinen Mord oder Totschlag gegeben hatte, sorgte diese Anhäufung an Todesfällen auf wenigen Quadratmetern in nur einer Woche für enormes Aufsehen, zumindest regional. Ich las aufmerksam und mit einer wohligen Genugtuung täglich Katarinas Zeitungsberichte. Schon nach drei Tagen wurden ihre Artikel mit einer reißerischen Überschrift der Leserschaft präsentiert.

Fluch über der Altstadt! Wann stirbt der Nächste?

Die Woche endete und die Lage beruhigte sich, doch Katarina Sadlowski wurde zum Chefredakteur gebeten. Er hatte wohl so einige Fragen und die junge Journalistin plötzlich eine Festanstellung und ein abgesichertes Einkommen. Ich schlug mir selbst auf die Schulter. Nun wäre es an der Zeit, die zweite Phase einzuleiten. Ich würde ihr einen Besuch abstatten und sie, so hoffte ich, davon überzeugen können, dass ich tatsächlich derjenige oder besser gesagt dasjenige war, für das ich mich ausgegeben hatte, und sie den Beweis in Form meiner Nachrichten an sie haben müsse. Ich nahm noch einmal die bezahlte Nachbarschaftshilfe durch den kleinen Jungen in Anspruch, indem er die Stippvisite des ominösen Visionärs ankündigte. Entgegen meiner bisherigen Erfahrung und Erwartung konnte ich in dieser Nacht durchschlafen und trotzte meiner Nervosität. Bald schon würde ich diesem liebreizenden Geschöpf, das mich regelrecht zu verzaubern schien, wieder in die Augen schauen können.

Kapitel 14

Zwei Wochen waren inzwischen vergangen, seit sich Marek als Schüler des Großmeisters ansehen durfte. Doch seinen Erwartungen und Wünschen zum Trotz durfte er bis zum heutigen Tag nur alte Texte studieren. Er verkniff es sich nachzufragen, was denn die eine oder andere Stelle zu bedeuten hätte, da er sich vor Karolina nicht lächerlich machen wollte. Obwohl die Schriften in die deutsche Sprache übersetzt worden waren, kam es ihm des Öfteren so vor, als würde das Geschriebene von einem anderen Stern stammen. Die doch sehr altertümliche Ausdrucksweise machte ihm zu schaffen, da wäre es kein Unterschied gewesen, wenn man den Jungen die Originale hätte entziffern lassen. Ab und an fragte er sich verzweifelt, ob ihn Sixtus Franck vor den Anderen bloßstellen wollte. Doch dann verwarf er seinen Gedanken, da ihm nicht in den Sinn kommen wollte, was der Alte davon hätte. An diesem Morgen eilte er aufgeregt zum Antiquitätenladen. Mrs. Campbell hatte ihm ausrichten lassen, Karolina würde ihn ins Labyrinth begleiten, da der Großmeister mit dem Uhrmacher Richard noch die letzten Feinheiten ausarbeiten müsse. Um welche es da insbesondere ging und um was für ein technisches Hilfsmittel es sich handelte, diese Frage ignorierte die Dame in ihrer eigentümlichen Art gekonnt. War letztendlich zweitrangig, dachte sich der Junge. Hauptsache, er würde etwas mehr Zeit mit Karolina verbringen können und da sie den Schlüssel der unterirdischen Welt bei sich tragen würde, bestand Hoffnung. Sie begrüßte ihn lächelnd und Marek hätte das Mädchen am liebsten in den Arm genommen, doch traute er sich diesen Schritt einfach noch nicht zu. Er würde abwarten, ob sie irgendwelche Andeutungen machen würde. Vielleicht ja im Laufe des Tages. Routiniert durchliefen sie den Laden und überquerten den vollgestopften Hinterhof. An der Unordnung hier hinten schien sich niemand zu stören, was doch etwas erstaunlich war, wenn man bedachte, wie blitzblank und gut sortiert die Antiquitäten im Labyrinth aufbewahrt wurden. Wer sich wohl darum kümmerte? Na, auf jeden Fall nicht der Großmeister, der hatte Wichtigeres zu tun, schlussfolgerte Marek. Als Karolina den Kellerraum aufschloss und sie in den Gang traten, forderte sie Marek auf, schon vorzugehen, er wüsste ja inzwischen, wo sich der Eingang befände. Marek tat, wie ihm befohlen worden war, schob die künstliche Wand zur Seite und wollte in das unterirdische Geäst treten. Doch kaum hatte er den ersten Schritt angesetzt, schrie er lauthals und schien wie festgefroren in dem Durchgang zu stecken. "Sag bloß", wunderte sich Karolina, "hat dir der Großmeister denn keinen Schutzmantel angelegt?" "Was für ein Ding? Verflucht, zieh mich hier raus.

Was zur Hölle ist denn das?", schluchzte er krampfhaft.

"Na, der magische Weltenwächter. Eine unsichtbare Wand. Die ein Hindurchkommen unmöglich macht, wenn man keinen Schutzmantel besitzt", erklärte sie seelenruhig und begutachtete den verzweifelten Jungen.

"Den hatte ich doch bis jetzt auch noch nie?", protestierte Marek.

"Das glaubst du nur. Sixtus musste ihn dir, ohne dass du es bemerkt hast, angelegt haben", meinte die Tschechin besserwisserisch.

"Und warum tut das so höllisch weh?", wollte der Schmerzgeplagte eine Antwort.

"Was weiß denn ich? Hab es ja nicht konstruiert. Ist wohl irgendwie elektrisch aufgeladen."

"Na, ganz toll. Kannst du mir jetzt endlich mal hier heraushelfen?"

"Wie heißt das Zauberwort?", ärgerte sie den Jungen.

"Bitte!", rief dieser.

"Na siehst Du, du kannst ja doch zaubern. Von wegen Magie existiert nicht", grinste sie ihn an.

Marek schloss die Augen und schüttelte den Kopf. Karolina stellte sich neben den Jungen und vollführte eine Bewegung, als würde sie den Unbeweglichen in ihren unsichtbaren Mantel mit einhüllen. Schlagartig hatte er Bewegungsfreiheit und machte einen Satz hinein ins Labyrinth. Er rieb sich die Arme und Beine, schüttelte sich und giftete sogleich das Mädchen an: "Was sollte das eben? Du scheinst ja richtig Spaß dran gehabt zu haben."

Karolina zuckte die Schultern und verzog die Mundwinkel.

"Komm schon, ist doch nichts geschehen. Bist doch heil und munter, wie ich sehe."

"Trotzdem", schmollte Marek.

"Ich kann das wieder gutmachen, in Ordnung?", fragte sie ihn.

In Marek keimte erneut Hoffnung auf. Sein Ärger verflüchtigte sich im Nu. War es soweit? Würde sie ihn umarmen? Vielleicht sogar einen kleinen Kuss auf die Wange geben?

"Und wie … wie … willst du das … das … anstellen?", stotterte Marek vor sich hin und ärgerte sich sogleich über sich selbst und seine nicht zu überhörende Scham und Nervosität.

"Ich zeige dir etwas, was du hier unten mit Sicherheit noch nicht zu Gesicht bekommen hast. Aber du musst mir versprechen, dass du niemandem davon erzählst, in Ordnung? Niemandem, verstanden?", vergewisserte sie sich.

Na, ganz toll, dachte der Junge enttäuscht. Da hatte er sich aber etwas anderes erhofft. Dennoch willigte er ein, aber er brauchte einen Moment, bis er seinen hängengelassen Kopf wieder aufrichtete.

"Nun, was ist? Kommst Du? Oder bist du wieder schockgefroren?", piesackte sie ihn erneut.

Was hatte sie denn nur? Irgendwie war sie anders als die letzten beiden Wochen. Na ja, vielleicht hatte sie ja das monatliche Frauenproblem, wäre zumindest eine

Erklärung, mutmaßte der Junge.

Karolina war schon vorausgeeilt und Marek hastete ihr hinterher, sobald er sich wieder unter Kontrolle hatte. Sie führte ihn vorbei an den inzwischen vertrauten Kammern und kreisrunden Räumen. Vorbei am Labor und weitere Gänge entlang, die schon bald nicht mehr durch das elektrische Licht erhellt wurden. An einer Biegung, die von vier an der Wand befestigten brennenden Fackeln gekennzeichnet wurde, entglitt sie seinem Sichtfeld. Der Junge nahm die Hände in die Beine und spurtete hinterher. Doch kaum hatte er den nächstliegenden Gang erreicht, zuckte er vor Schreck zusammen. Er fasste sich an sein pochendes Herz und pustete laut seine Atemluft aus.

"Um Himmels willen. Du hast mir vielleicht ´nen Schreck eingejagt", keuchte er der wandelnden Gestalt entgegen.

Karolina schaute sich die Begegnung aus einigen Metern Entfernung herzhaft lachend an.

Die Gestalt nahm scheinbar keine Kenntnis von dem Jungen und starrte mit leeren Augen vor sich hin. Marek musterte das Geschöpf mit offenem Mund, als er erkennen musste, das diese ihn nicht wahrzunehmen schien.

"Ähm … Hallo?", startete er einen erneuten Versuch.

"Bin ich dir etwa zu langweilig oder warum suchst du einen neuen Gesprächspartner?", meinte die junge Tschechin, indem sie Marek mit den Händen fuchtelnd auf sich aufmerksam machte.

Dieser stand irritiert in der halbdunklen, braunen und

steinigen Röhre. Entgeistert huschte sein Blick von dem Wesen vor sich zu Karolina, die den Moment wahrlich zu genießen schien, und wieder zurück. Eine Reaktion bekam er auch weiterhin nicht. Konnte er seinen Augen trauen oder lag es an dem Dämmerlicht, dass er keine Pupillen an seinem unheimlichen Gegenüber erkennen konnte.

"Bist du nun angewurzelt? Können wir endlich mal weitergehen oder wartest du immer noch auf eine Antwort von dem da?", sie zeigte auf das willenlose Wesen, "wenn er dich so fasziniert, kann ich dich beruhigen, es gibt noch einige mehr."

Was war denn nur in Karolina gefahren? Sie schien wie ausgewechselt. Marek verstand die Welt nicht mehr. Wie konnte sie nur so locker und gutgelaunt zum Weitergehen drängen? Es leuchtete Marek zwar ein, dass sie wohl einiges gesehen haben musste seit ihrer Kindheit, unter der Führung ihres Onkels, aber dennoch konnte es doch nicht zur Normalität werden, dieses fast schon geisterhafte Geschöpf einfach so zu ignorieren. Und von denen sollte es auch noch mehrere geben? Marek straffte sich und schrie zu seiner Informantin hinüber: "Und den soll ich einfach so stehen lassen?"

"Du kannst ihn dir ja auf die Schulter packen, wenn es dir dadurch besser geht. Deine Entscheidung. Nur was machst du dann mit ihm? Zum Kuscheln sind die nicht gerade geeignet, wobei wehren würden sie sich nicht", meinte sie stirnrunzelnd.

Ihr Ton gefiel Marek ganz und gar nicht, aber er

würde sich auch nicht wie einen kleinen Jungen behandeln lassen. Die soll sich mal nicht so aufspielen, durchfuhr ihn ein Gedanke. Nun hatte sie es also zum zweiten Mal geschafft ihn zu verärgern. Das erste Mal bei ihrer Ankunft am Flughafen und nun das zweite Mal durch ihre besserwisserische und herablassende Art. Das war doch zum kotzen, dachte er, sollte man nicht eine gewisse Zeit schon in einer Beziehung sein, um den ersten Frust zu erleben? Nun, eigentlich war es ja nichts Neues. Er hatte bisher zwar keine feste Beziehung gehabt, aber verliebt war er natürlich auch schon, und das war Frust pur, erinnerte er sich. Man hatte ihn einfach ignoriert, da war er zumindest diesmal einen kleinen Schritt weiter gekommen. Vielleicht hatte sie tatsächlich nur einen schlechten Tag. Er umging das wortlose Etwas und streckte seine Hühnerbrust heraus. Diesmal würde er sich nicht mehr zum Affen machen und seinen Mann stehen, egal was er noch zu Gesicht bekommen würde. Nachdem die beiden die nächste Biegung genommen hatten, führten ungerade Steintreppen hinab in die Tiefe. Marek verlor jegliches Zeitgefühl, während sie die engen Stufen vorsichtig hinunterstiegen. Am liebsten hätte er sich an Karolinas Bluse festgekrallt, denn mit jedem Schritt verschlang die Dunkelheit mehr und mehr die spärliche Lichtquelle der Fackeln. Irgendwann konnte er das Mädchen nur noch schemenhaft vor sich erkennen und behielt nur einigermaßen die Orientierung, weil er seine rechte Hand an die Wand lehnte, während er ohne Unterlass weiter hinunterkletterte. Es erinnerte ihn etwas an das Straßburger Münster, welches er während eines Schulausfluges mal besichtigt und die steilen Stufen bis zur Aussichtsplattform erklommen hatte. Doch gab es zwei gravierende Unterschiede, stellte er fest. Zum einen schleppte er sich dort nicht halbblind hinauf, denn es gab genügend Fenster, die das Tageslicht hineinließen und zum zweiten litt er damals keine Atemnot. Hier aber roch es mit jedem Atemzug muffiger, so dass er bald sein T-Shirt bis über die Nase zog, um seinen Brechreiz unter Kontrolle zu bringen. Karolina gab keinen Mucks von sich und auch er schwieg beharrlich. Nur das Klopfen auf dem felsigen Boden, welches sie durch ihre Tritte verursachten, echote durch das Kreisrund. Würden sie noch eine Weile laufen müssen, so bräuchte er sich nicht zu wundern, wenn sie am Eingangsportal der Hölle ankämen. Es wollte einfach kein Ende nehmen. Ob Sixtus damit einverstanden wäre? Wohl kaum. Schließlich ermahnte das Mädchen Marek eindringlich, er solle ja keinem was erzählen. Was wenn er ihn inzwischen schon erwartete? Er konnte wohl oder übel langsam damit anfangen, sich eine Ausrede zurechtzulegen. Der Blick auf seine Armbanduhr brachte auch nichts, so stockduster wie es in dieser Röhre war. Womöglich waren sie schon mehr als eine Stunde im Labyrinth unterwegs und zurück mussten sie irgendwann ja auch noch. Man konnte es drehen und wenden, wie man wollte, das ungute Gefühl hatte sich festgesetzt und ließ sich nicht vertreiben. Doch dann, kurz bevor er sich quengelnd entgegen seinen Vorsätzen wie ein Kindergartenkind bei einer Autofahrt an die Tourleiterin wenden wollte, um zu erfahren, wie weit es denn noch sei, vollführten endlich wieder die ersten Schatten ihren Zaubertanz. Kaum hatte er die letzte Stufe überwunden, traute er seinen Augen kaum. Er rieb selbige mit seinen Handballen, um dieses scheinbare Trugbild zu vertreiben. Seine Sinne mussten ihm nach der elendigen Wanderung durch das Dunkel wohl einen Streich spielen. Doch kaum hatte er seinen Blick wieder geradeaus und schließlich in die Höhe gewandt, musste er sich eingestehen, dass das wohl das Unglaublichste war, was er in seinem bisherigen Leben zu Gesicht bekommen hatte. Augenblicklich kam ihm die Cheops-Pyramide in den Sinn, er kannte sie zwar nur durch Dokus und Zeitschriften, doch hatte er oft genug Bilder der großen Galerie gesehen, den engen Gang, in dem sich manchmal die Touristen stauten und die senkrecht in die Höhe ragenden Wände, als würden sie nie enden wollen. Hier was es zwar seiner Einschätzung nach deutlich breiter, doch die Decke war nicht auszumachen. Im Gang selbst war alles hell erleuchtet. Fackeln reihten sich aneinander. Mysteriöse Zeichen, Hieroglyphen ähnelnd, zierten golden schimmernd die Mauern zu beiden Seiten. Gänsehaut breitete sich auf dem Körper des Jungen aus. Dies war nicht der Augenblick, in dem er den Coolen spielen musste. Dies hier war einfach nur faszinierend. Wer waren die Erbauer? Und wie oft hatte er sich in den letzten beiden Wochen gefragt, wie es möglich sein konnte, dass scheinbar kein Einheimischer auch nur eine Ahnung hatte, was sich hier unten für eine Welt befand?

"Das ist ja unglaublich", hauchte er kaum hörbar.

"Da staunst Du, was?", erwiderte Karolina selbstzufrieden.

Doch wie sie es betonte und wie sie Marek anschaute, verriet ihm sogleich, dass das noch nicht das Ziel ihrer Tour durch das Labyrinth sein konnte. Sie hatte noch ein As im Ärmel, schlussfolgerte Marek, der mit weit aufgerissenen Augen dastand und kaum fähig war, sich auch nur einen Schritt weiterzubewegen.

"Was sind denn das für Symbole und Zeichen?", fragte er, auf die mysteriöse Schrift deutend.

"Hmm... wie erkläre ich dir das?", überlegte das Mädchen, "Zum einen sind es Überlieferungen aus uralten Zeiten, dazu haben sie aber noch andere Funktionen, wenn man weiß, wie man sie bedienen muss."

Marek runzelte die Stirn: "Inwiefern bedienen? Und vor allem, was geschieht dann, wenn man es denn kann?"

"Moment ...", mahnte sie ihn zur Geduld.

Das Mädchen schaute sich suchend um. Kurz darauf schien sie so etwas wie ihr Startsymbol entdeckt zu haben, was Marek daraus schloss, dass sie mit ihrem Finger auf ein in Augenhöhe befindliches Symbol deutete und mit der Zunge schnalzte. Sogleich dann ihre Augen schloss und sich wohl an etwas erinnern

165

wollte. Mit ihren Fingern schien sie im Geiste etwas abzuzählen, dann riss sie ihren Kopf nach oben und ging schleunigst an der rechten Wand entlang. Nach einigen Metern blieb sie stehen und berührte eines dieser Zeichen. Plötzlich rannte sie los, um nach etlichen dazwischenliegenden Zeichen, auf der gegenüberliegenden Seite ein weiteres zu berühren. Als wäre das alles nicht schon erstaunlich genug, schwebten wie von Geisterhand gesteuert Duplikate dieser Symbole plötzlich durch die Mitte des Raumes. Karolina drehte sich herum und rannte, so schnell sie konnte, wieder in Mareks Richtung. Als sie unterhalb der schwebenden Symbole stand, berührte sie ein weiteres zur Linken, um gleich darauf das gegenüberliegende mit ihrer Fingerspitze zu drücken. Weitere golden leuchtende Symbole schwebten herab und verbanden sich mit den ersten beiden. Ein neues kreisrundes Zeichen entstand aus dieser Symbiose.

Plötzlich schrie Karolina laut: "Halt die Luft an."

Instinktiv wusste Marek, dass er keine Zeit für eine Nachfrage hatte, und tat wie ihm befohlen wurde. Kaum hatte er noch einmal tief eingeatmet und den Mund geschlossen, spürte er den Boden unter seinen Füßen nicht mehr. Was ging denn hier vor sich, durchzuckte es ihn. Er schaute hinab und sah sich tatsächlich schweben, mehrere Zentimeter lagen zwischen seinen Schuhsohlen und dem Boden. Ruckartig blickte er zu seiner Begleiterin und musste atemlos feststellen, dass auch sie levitierte. Die beiden glichen Astronauten die sich in einer Raumstation im

Weltall befanden. So interessant Marek diesen Vorgang auch fand, so langsam, wäre es mal wieder an der Zeit, durchatmen zu können. Dies machte er durch Handzeichen unmissverständlich klar. Karolina hatte ihre Backen aufgeblasen und erinnerte Marek etwas an einen Frosch, was das Nichtatmendürfen nochmals extrem erschwerte, da er am liebsten laut losgelacht hätte. Doch Gott sei Dank schien auch ihr die Puste auszugehen, dachte sich der Junge und beobachtete gespannt durch den Raum gleitend ihre nächsten Bewegungen. Sie griff nach dem schwebenden Symbol, welches zuvor noch aus vier verschiedenen bestanden hatte, und nahm mit der anderen Hand ihr silbernes, ovales Amulett vom Hals. Sie drückte den Edelstein gegen das Symbol und die Reaktion erfolgte zugleich. Das Symbol zersprang in Millionen kleiner Sterne und zwang die beiden, ihre Augen zu schließen. Die Fackeln erhellten zwar den ganzen Gang, doch die Explosion überflutete sie mit einer dermaßen Helligkeit, als würde man mit einem Teleskop direkt in die Sonne schauen. Die Erdanziehungskraft kehrte in Windeseile zurück und ein heftiger Wind streifte die beiden. Sie sackten zu Boden und rissen röchelnd ihre Münder auf. Es dauerte ein paar Atemzüge, bis sie die Fähigkeit des Wortwechsels wiedererlangten.

"Nein, ich glaube, ich frage dich erst gar nicht, was das denn jetzt schon wieder war", keuchte Marek.

Karolina stütze sich vom Boden ab und holte noch mal kräftig Luft, reichte dem Jungen die Hand, um ihm beim Aufstehen zu helfen.

"Ach, nein?", erwiderte sie, ohne dass Marek ihre Mimik zu deuten wusste.

"Diesmal stelle ich die Frage erstmal anders, in der Hoffnung, eine kurze und klare Antwort zu bekommen", gab er zu verstehen, während er sich aufrichtete.

"Na dann, lass mal hören?", forderte ihn das Mädchen auf.

"Wozu soll das gut sein?"

"Das meiste dient als Sicherheitsmaßnahme", meinte sie knapp.

"Inwiefern?", hakte er nach.

"Na, damit niemand fliehen kann, der nicht fliehen soll."

"Um fliehen zu wollen, müsste man doch erstmal hier hinein gelangen und nach allem, was ich bisher sehen und am eigenen Körper spüren durfte, ist das ein Ding der Unmöglichkeit", stellte Marek fest.

"Denkfehler!", konterte Karolina.

"Hä? Wie jetzt?", der Junge schaute sie mit verständnislosen Gesichtsausdruck an.

"Wer sagt denn, dass derjenige ein Eindringling sein muss? Was, wenn ein Eingeweihter sich querstellt und zur Bedrohung für den Orden wird?", flüsterte sie verschwörerisch.

Marek musste schlucken. Das war ein Argument. Und ohne etwas zu erwidern überkam ihn erneut ein mulmiges Gefühl. Er durchschaute natürlich schlagartig, dass es auch für ihn bedrohlich werden konnte, sollte er, aus welchen Gründen auch immer, die Ziele des Ordens und die Herangehensweise für inakzeptabel halten, hätte er wohl ein gewaltiges Problem. So wie es wohl ausschaute, war nichts mit: *Lebt wohl, das ist nichts für mich!*

Er versuchte sein Unbehagen zu unterdrücken und schauspielerte: "Okay, und nun? Ich glaube, das ist immer noch nicht das, weswegen du mich hier hinunter geführt hast, richtig? Da kommt noch was, oder täusche ich mich?", drängte er.

"Das hast du schon richtig erkannt. Na komm, lass uns weitergehen", sie deutete mit einem Kopfnicken die Richtung an.

Staunend musterte er die nicht enden wollenden Symbole. Abermals blickte er in die Höhe, um die Decke ausmachen zu können, doch nichts dergleichen war zu erkennen. Also folgte er schweigsam der Tschechin und überprüfte in Gedanken seine aufkommende Skepsis ihr gegenüber. Sie verhielt sich wirklich äußerst seltsam heute, hatte sie die letzten zwei Wochen nur Sympathie vorgetäuscht? Quatsch, ermahnte er sich selbst, rede dir nichts ein. Jeder hat mal 'nen schlechten Tag und benimmt sich etwas daneben. Außerdem hatte sie ihm ja nichts getan, oder? Im Gegenteil, sie öffnete eine neue Welt vor seinen Augen und er bekam Dinge zu sehen, die er bisher für filmreif gehalten hatte. In der Realität existierten solche Dinge nicht. Dachte er bislang. Als er schon gar keinen Gedanken mehr daran verschwendete, gingen die Fackeln wieder auf Distanz.

Die Abstände von Flamme zu Flamme wurden länger. Und plötzlich sah er auch eine Decke, die sich in steilem Winkel hinabsenkte, bis sie wieder in einem Tunnel standen. Die Symbole waren verschwunden und der Gang teilte sich zur Linken und zur Rechten. Marek zuckte zusammen, als ihm eine aufgescheuchte, wild gewordene Meute von Fledermäusen über den Kopf flog. Ein Windhauch und angenehme Luft erreichte ihn, was er wohlwollend, doch erstaunt zur Kenntnis nahm.

"Woher kommt denn hier unten die frische Luft?", wunderte er sich.

"Du bist doch von hier. Dann kennst du auch das Hauerloch zwischen Leonberg und Höfingen."

"Klar doch, aber das kann doch nicht sein. Schließlich sind wir bestimmt mehrere Kilometer in die Tiefe gestapft. Das haut nicht hin", entgegnete er irritiert.

"Meinst Du? Existiert der Keller vor dem Labyrinth?", forderte sie ihn auf nachzudenken.

"Natürlich", bestätigte er.

"Ist das Hauerloch real, die Höhle, dessen vergitterten Eingang man vom Wanderweg oder auch von der Straßenbahn aus sehen kann?", hakte sie nach.

"Na sicher ist sie real, worauf willst du denn hinaus? Was soll denn das ganze Rätselraten", empörte sich Marek.

"Ich fordere dich auf mitzudenken, nicht mehr und nicht weniger. Also wenn der Keller für jeden sichtbar und begehbar ist, ebenso das Hauerloch, wenn es nicht vergittert wäre, dann kann es ja nur bedeuten,

dass wir das Labyrinth soeben verlassen haben, oder?"
"Hmm … und warum hat man es dann von dieser Seite aus nicht entdeckt?", wollte er wissen.
"Der Grund ist derselbe wie beim Durchgang im Keller. Ohne den magischen Schutzmantel gibt es kein Durchkommen."
"Ich habe aber nach wie vor keinen und diesmal musste ich keine Schmerzen erleiden und stecken geblieben bin ich auch nicht", meinte er trotzig.
"Hinauskommen ist kein Problem. Das Eindringen soll verhindert werden", erklärte sie ihm etwas ungeduldig.
"Aber, vorhin im großen Gang meintest du ‚falls jemand fliehen wolle, dann würde er abgehalten werden.'"
"Ja, und? Glaubst du etwa, irgendjemand hätte die nötigen Werkzeuge dabei, um die Gitterstäbe zu durchtrennen, und selbst wenn, wie sollte er die steile Muschelkalkwand bezwingen? Hinabklettern ist nicht und springen wäre Selbstmord", entgegnete sie etwas gereizt.
"Okay, wir haben hier also eine unsichtbare Welt und wir haben das Ziel, den biologischen Tod zu bezwingen. Und was habe ich bisher an der ganzen Geschichte verpasst?", entgegnete er ebenso gereizt.
"Komm, wir gehen in die andere Richtung, dann haben wir das Ziel erreicht. Ich glaube, dort wird dir einiges klar werden."
Das wäre jetzt auch der perfekte Zeitpunkt, dachte sich der Junge und erneut folgte er dem Mädchen. Auf

weitere Konversation konnte er bis dahin verzichten und schwieg beharrlich. Bevor sie an der Abzweigung ankamen, die sie zum Hauerloch führte, legte ihm Karolina den unsichtbaren Schutzmantel um, damit sich nicht noch einmal das Malheur ereignet, welches ihm am Eingang zum Labyrinth zu schaffen gemacht hatte. Er registrierte es wohlwollend, aber kommentarlos. Der Gang, der nun vor ihnen lag, unterschied sich nicht großartig von der soeben zurückgelassenen Höhle, bis auf die Fackeln zu beiden Seiten, die den Durchgang in gelblich-orangenes Licht tauchte. Nach wenigen Minuten erreichten sie ein bogenförmiges Tor, das ringsherum mit Symbolen in den verschiedensten Farben verziert war. Der Eingang wurde von zwei jungen, kräftigen Männern in langen Umhängen, die an Mönchskutten erinnerten, bewacht. Die Hellebarden, wie man sie auch bei der Schweizer Garde im Vatikan zu Gesicht bekam, kreuzten sich wie ein X, um ungebetenem Besuch den Durchgang zu versperren. Marek fühlte sich in das Mittelalter versetzt und doch fand er es zugleich imponierend wie auch lächerlich zugleich. Wer, bitteschön, könne schon bis hier unten vordringen, bei den ganzen Schutzmechanismen, die wohl alle paar Meter und in jedem Raum und Gang angebracht waren. Hiermit wollten sich wohl die Meister, und wahrscheinlich auch sein Großmeister, an einem persönlichen Theaterstück ergötzen, mutmaßte der Junge. Als sie direkt vor den beiden stocksteifen Wächtern standen und Marek die Gestalten von Kopf bis Fuß musterte, empfand er die Situation als gar nicht mehr so lächerlich, im Gegenteil, es gruselte ihn. In Zeitlupe drehten sie ihre Köpfe zeitgleich den Ankömmlingen zu und Marek trat unbewusst einen Schritt zurück, als er in die pupillenlosen Augen sah. Natürlich erinnerte er sich sogleich an das leblos wirkende Wesen, als sie ihre Erforschungstour angetreten hatten. Wie viel Zeit wohl inzwischen vergangen war? Seine Armbanduhr hatte unterwegs den Geist aufgegeben, entweder war einfach nur die Batterie leer oder sie war auch das Teil dieses Hexenwerkes hier unten und somit kein Zufall. Seine innere Uhr aber sagte ihm, dass sie mit Sicherheit schon mindestens drei Stunden umherwanderten. Karolina jedoch schien nicht den Hauch von Angst oder Respekt zu verspüren. Natürlich nicht. Schließlich musste für sie diese Welt hier unten so normal sein wie für Marek ein Abstecher in die Bahnhofskneipe. Und was diese Seelenlosen betraf, da musste sie wohl auch ihre Finger mit im Spiel haben, durchdrang ihn ein Gedanke. Karolina befehligte die Wächter in dem Ton eines Offiziers, den Durchgang freizugeben. Die Worte, die sich nach Latein anhörten, verstand Marek nicht, doch die Bedeutung des Gesagten war unschwer zu erkennen. Die Hellebarden positionierten sich in Senkrechtstellung vor ihren Soldaten und die Augen der Wächter starrten geradeaus in die Leere der Höhle. Obwohl Marek bis hierhin schon genug zu bestaunen hatte, übertraf dieser Anblick alles Bisherige. Ehrfurchtsvoll drehte er sich um die eigene Achse und saugte die Eindrücke förmlich ein. Ob Aachener Dom oder Ulmer Münster, nichts dergleichen hatte der Junge je gesehen. Fahnen und Banner aus Samt und reiner Seide zierten die Wände. Granit und Marmor, soweit das Auge reichte. Prächtige Säulen stützten die oberen Etagen, von denen aus man nach unten in den Altarraum schauen und die Zeremonien beobachten konnte. Unzählige Kerzen in den verschiedensten Breiten und Längen flackerten und verbreiteten den Wachsduft in dieser Kathedrale der Magier und Mystiker. Das Kuppelmosaik gab bildhaft den Kampf zwischen Engeln und Dämonen wieder. In der Mitte des Gemetzels der Gevatter Tod auf einem Königsthron sitzend und doch in Ketten gelegt. Ein Symbol für das Ziel des Ordens, verstand Marek auf Anhieb, ohne sich von Karolina Auskünfte einholen zu müssen. Der allmächtige Tod wird in seine Schranken gewiesen und seine Macht eingegrenzt. Doch zu welcher der kriegerischen Parteien sich der Geheimorden zugehörig fühlte, der Macht des Guten, durch Engel symbolisiert, oder aber den dämonischen Horden, die sich in gleicher Anzahl positioniert hatten, das blieb dem Jungen noch verborgen. Die in Kutten gehüllten Wesen standen regungslos auf sie hinabschauend in dem Kreisrund über ihnen. Die Gruppen dicht an dicht gedrängt, nur von den tragenden Säulen voneinander getrennt. Es mussten Hunderte sein. Marek war nicht fähig, die Gänsehaut abzuschütteln. Vor dem Altar stehend, auf welchem sich ein silberner Kelch, ein Totenkopf und ein antiker

Spiegel befanden, deutete Karolina auf den steinernen Thron, der sich vor ihnen befand und zu dem sieben marmorne Stufen hinaufführten.

"Siehst Du? Dort wird der Großmeister schon bald zum Herrscher über Leben und Tod gekrönt."

Marek schluckte. Ließ seinen Blick von den Seelenlosen abwenden und folgte ihrem Zeigefinger.

"Ist das nicht etwas anmaßend?", fragte er etwas zu zögerlich.

"Was? Wieso sollte das anmaßend sein?", kritisierte sie ihn spöttisch, "es ist das absolute Zeichen der Macht und des Wissens. Seit Anbeginn der menschlichen Existenz war es das Ziel der intelligentesten Erdenbewohner, dem Tod einen Strich durch die Rechnung zu machen, und wir, wir und unsere Vorgänger, haben alles dafür getan, nicht mehr der Laune der Natur und der Seelenabholer anheimfallen zu müssen."

"Was denn für Seelenabholer, bitte?", fragte Marek mit skeptischer Stimme.

"Noch nie was vom Sensenmann gehört? Vom Gevatter Tod? Dem schwarzen Mann?", schnauzte ihn Karolina an.

Marek vergaß seine Scheu: "Blödsinn, das sind doch Kindermärchen."

"Ach, sag bloß. Und dieses Labyrinth und die Kreaturen da? Auch nur ein Märchen, ja?"

Marek schaute zu Boden und versuchte seine Gedanken zu ordnen. Er widersprach der Tschechin nicht mehr.

175

Ein lautes Klopfen auf dem Marmorboden riss die beiden aus ihrer Konversation. Sixtus Franck stand vor dem Altar. Unbemerkt hatte er ihnen zugehört und verlangte nun nach Aufmerksamkeit. Einen Gehstock mit poliertem Totenkopfschädel hielt er fest umklammert in seiner rechten Hand. Nachdem die jungen Leute den Großmeister fixiert hatten, hob er selbigen in die Höhe, posierte damit, als hätte er Olympisches Gold errungen.

"Schaut her. Er ist angekommen. Die Schriften prophezeiten es. Und ich halte den Beweis in Händen." Der alte Mann lachte wie wild und Marek zuckte zusammen. Karolina klatsche mit blitzenden Augen Beifall. Als sich der Großmeister beruhigt hatte, schaute er Marek eindringlich an. Dieser hielt dem Blick stand.

"Du, junger Mann. Mitkommen. Deine Lehrzeit wird unterbrochen. Noch heute wirst du entscheiden müssen, wo dich dein weiterer Weg hinführen soll", brüllte er.

Marek schaute lippenkauend zu Karolina. Die hatte sich wohl längst entschieden, wofür auch immer. Zumindest gab sie unmissverständlich zu verstehen, dass sie die Begeisterung des Großmeisters teilte. Marek konnte sich ein kaum hörbares Stoßgebet nicht verkneifen. Wo würde man in hinbringen? Was hatte er zu entscheiden?

Kapitel 15

Da stand ich also, angelehnt an die Hauswand des angrenzenden Gebäudes. Nur zur Sicherheit - würde Katarina zum Fenster herausschauen, sollte sie mich nicht entdecken, schließlich bestand die Möglichkeit, dass sie meinem Besuch nicht wohlwollend gegenüberstehen würde. Ich schickte den kleinen Nachbarsjungen vor und er klingelte in seiner kindlichen Art Sturm. Sie war zuhause.

"Hallo, Frau Sadlowski, ich bin es, Jonas. Wir wären dann mal hier", kündigte er uns über die Sprechanlage an.

Ich huschte unbemerkt zur Haustür und eilte ins Treppenhaus, welches ich nunmehr seit zwei Wochen nicht mehr betreten hatte. Natürlich fragte ich mich auf dem Weg hinauf zu Katarinas Wohnung, ob sie mir die Türe vor meiner gepuderten Nase zuschlagen würde. Spartacus, so mutmaßte ich, würde dies bestimmt mit lautem Gebell befürworten. Aber, beruhigte ich mich selbst, sie war immer noch Journalistin, zudem jetzt auch noch in Festanstellung, da bestünde zumindest Hoffnung, dass sie professionell an die Sache herangehen würde. Den Jungen empfang sie noch lächelnd, als er im Treppenhaus um die Ecke kam, mich erwartete jedoch nur ein einfaches *Hoppla* und eine ernste Miene.

"Lass es mich bitte wenigstens erklären", bat ich sie.

"Möchtest du einen Orangensaft oder einen Kakao?", ignorierte mich Katarina, indem sie zu Jonas hinunterschaute.

"´Ne Cola wäre mir lieber", grinste der kleine Mann.

"Na, dann komm rein, die hast du dir ja echt verdient, so pflichtbewusst wie du in den letzten Tagen deiner Aufgabe nachgegangen bist", lobte sie den Dreikäsehoch und fuhr ihm dabei wuschelnd durch die Haare.

Jonas ließ sich nicht lange bitten und flitzte hinein.

"Und Du? Was ist mit dir? Willst du hier draußen Wurzeln schlagen?", damit meinte sie mich.

Ich schüttelte verneinend den Kopf und schlüpfte wortlos hindurch in meine ehemalige Herberge.

"Ich gehe doch recht in der Annahme, dass ich dir nichts zu trinken anbieten muss, oder?", kombinierte sie korrekterweise.

"Schon richtig, ich besitze diesbezüglich immer noch keine dafür notwendigen Körperfunktionen", erwiderte ich.

"So, so", bekam ich zur Antwort, aus der aber der pure Unglaube klang.

"Na, schmeckt die Cola, kleiner Mann?", lächelte sie Jonas an.

Ich deutete mit meinen Augen zur Tür, ohne dass Katarina etwas davon mitbekam. Jonas verstand. Er hatte es auf einmal sehr eilig und bedankte sich für das Getränk, er erklärte knapp, er würde es unterwegs trinken. Die kinderliebe Journalistin brachte ihn zur Tür, bevor sie sich schließlich wieder mir zuwandte.

"Ich soll also glauben, die Nachrichten bezüglich der Todesfälle würden von dir stammen", kam sie gleich zur Sache.

"Natürlich! Wer außer mir hätte sonst Kenntnis darüber besitzen können?", forderte ich sie heraus.

"Und woher hast du diese Informationen?", fragte sie, indem sie den Satz übertrieben langsam aussprach.

"Es gehört zu meinem Job, wie ich dir schon mitteilte."

"Als wir uns das letzte Mal sahen, wirktest du aber noch ziemlich hilf- und ahnungslos, wenn ich anmerken darf", piesackte sie mich.

"Das kann ich nicht leugnen, aber ich habe mich weiterentwickelt."

"So, so", gab sie erneut von sich.

Kurze Stille und gegenseitiges Beäugen. Wo war eigentlich der Köter, fragte ich mich. Kein Knurren zu vernehmen.

"Du glaubst mir immer noch nicht, was?", fragte ich vorsichtig.

Sie zuckte mit den Schultern: "Wo bist du eigentlich abgeblieben die letzten zwei Wochen?"

"In der Nachbarschaft. Ich habe Unterkunft bei einer netten, alten Dame hier in derselben Straße gefunden."

Sie staunte, aber es hatte den Anschein, als wäre sie diesbezüglich nicht sonderlich überrascht.

"Und wovon lebst Du?", wollte sie wissen

"Ich brauche nichts", erwiderte ich knapp.

"Dein Gesichts-Tattoo hast du etwas übermalt, sehe ich", stellte Katarina fest.

Ich wurde unruhig. Hier war ich also und sie hatte nicht die Absicht, mich hinauszuwerfen, das war gut. Glauben schenken wollte oder konnte sie wohl immer noch nicht, das war weniger gut. Doch zumindest hatte ich mich geoutet. Ich ärgerte mich aber auch über mich selbst. Warum nur hatte sie so eine Anziehungskraft auf mich? Jegliche Form von Beziehung würde auf Dauer sowieso zu nichts führen, so glaubte ich, da ich nicht im Stande war, körperlich Gefühle zu empfinden. Selbst wenn der unwahrscheinliche Fall eines Tages eintreten würde, dass ich ihr Herz erobern könnte und zudem nicht zurück ins Bardo müsste, wie lange könnte diese Beziehung von Bestand sein unter diesen, meinen Voraussetzungen? Wollte nicht auch eine Frau irgendwann mal eine Art Bestätigung für ihre Streicheleinheiten? Es war einfach zum Verrücktwerden und so beschloss ich, das Gespräch abzukürzen. Meiner Seele tat es gut, dass ich ihr helfen und ihr dies auch noch mitteilen konnte. Doch gleichzeitig wollte ich mich nicht weiter selbst foltern, indem ich der Hoffnungslosigkeit ins Auge sehen musste. Doch nicht zum ersten Mal überraschte mich Katarina. Kaum hatte ich mich von der Couch erhoben und zum Abschiedsgruß angesetzt, hielt sie mich am Arm fest.

"Warte kurz", meinte sie, nur in deutlich sanfterem

Ton.

"Worauf?", fragte ich verdutzt.

"Na ja, ich gestehe, du bist ja nicht gerade unsympathisch und ich glaube zu wissen, dass ich generell eine gute Menschenkenntnis besitze. Also, was ich sagen will, ist, du scheinst ja ein netter Kerl zu sein, etwas komisch zwar, aber nett ...", sie schien gar nicht mehr aufhören zu wollen mit Reden, also unterbrach ich sie: "Katarina, was möchtest du mir sagen?"

"Wie wäre es mit einem Spaziergang?", erwiderte sie diesmal, indem sie sich deutlich kürzer fasste.

"Gerne", nahm ich das Angebot an.

Als wir durch die Gassen schlenderten, hakte sie sich bei mir ein. Wie schön wäre es behaupten zu können, dass ich diesen körperlichen Kontakt genoss, doch wie Sie inzwischen ja wissen, genoss ich es eben auf meine ganz individuelle Art und Weise. Seelisch eben, und geistig.

"Wo soll's hingehen?", fragte ich nach einer gewissen Zeit.

"Hmm ... also, ich hab mich mal gedanklich darauf eingestellt, wie es wäre, wenn deine Version der Wahrheit entspräche. Essen oder was Trinken gehen, wäre dann eine ziemlich einseitige Angelegenheit."

"Wohl wahr", stimmte ich ihr zu.

"Was hältst du von Kino?", schlug sie vor.

"Ähm ... wo befindet sich das?", wollte ich wissen.

"Am anderen Ende der Stadt, wieso fragst Du? Wir könnten uns ein Taxi nehmen."

"Unmöglich", erwiderte ich.

"Stimmt. Du hast ja kein Geld, nehme ich an. Daran soll es nicht scheitern. Ich lade dich gerne ein. Als Dankeschön sozusagen, für deine tatkräftige Unterstützung."

"Das ist lieb von dir, aber es liegt nicht am Geld."

"Woran denn dann?", fragte sie erstaunt.

"Ich komme nicht aus der Altstadt heraus", antwortete ich unverblümt.

"Willst du mich auf den Arm nehmen?", misstraute sie mir.

Da war der Schlüssel zur gewünschten Lösung. Hiermit musste ich sie einfach überzeugen können. Ich nahm sie an der Hand und zog sie mit mir.

"Ich hab´s. Ich weiß jetzt endlich, wie ich es dir beweisen kann, dass ich tatsächlich der bin, für den ich mich ausgebe."

"Der Sensenmann, ja?", hakte sie skeptisch nach.

Doch ich antwortete nicht mehr. Dies würde nicht mehr nötig sein. Wir durchliefen den kleinen Park und als wir außerhalb der Stadtmauer ankamen und vor mir die Stufen auftauchten, die durch Gebüsch hinab zur Straße führten, blieb ich unvermittelt stehen.

"Da wären wir. Schubs mich!", forderte ich sie auf.

"Bist du blöd? Ich stoße dich doch nicht die Treppen hinunter", erwiderte sie ablehnend.

"Mach schon. Keine Angst", gab ich ihr zu verstehen.

Als sie erneut klar machte, dass sie dies unter keinen Umständen tun würde, nahm ich Anlauf und rannte los.

Ich hörte noch einen protestierenden Schrei, doch konnte mich das natürlich nicht von meinem Vorhaben abhalten. Ich hob ab wie ein Weitspringer und knallte, wie ich nicht anders erwartet hatte, gegen die unsichtbare Mauer, die mich im Inneren dieses Bezirkes hielt. Rücklings lag ich auf dem Boden und sah, wie mich Katarina mit weit aufgerissenen Augen musterte. Ohne zu zögern, kniete sich das hübsche Ding vor mir nieder.

"Bist du verletzt?", fragte sie besorgt.

"Nein, keineswegs", gab ich zufrieden zur Antwort.

"Himmel noch mal. Das gibt's doch alles nicht."

"Glaubst du mir jetzt?", wollte ich wissen.

"Ich würde ja gern. Ich verstehe das aber nicht ...", sie unterbrach ihren Satz.

"Da gibt es nichts zu verstehen. Akzeptiere es einfach. Ich *bin* der Sensenmann! Zumindest einer von ihnen." Das saß. Sie setzte sich auf den kalten Asphalt neben mich.

"Und was jetzt?", fragte sie ratlos.

"Ich schlage vor, wir gehen noch mal zu dir und ich erzähle dir absolut alles, was ich weiß, und alles, an was ich mich erinnern kann, okay?", schlug ich vor, "aber diesmal bitte ich dich, dass du mir Glauben schenkst.

"Versprochen", sagte sie, "ich werde mir zumindest Mühe geben."

So liefen wir also gemächlich wieder zurück zur Oberamteistraße und unterwegs berichtete ich ihr vom Bardo und von manchen meiner bisherigen

Erdenleben. Alles natürlich in Kurzform. Es würde mit Sicherheit den ganzen Tag und die ganze Nacht dauern, bis ich ihr alles detailliert geschildert hätte. Doch dann, kurz vor ihrer Haustüre, kamen uns zwei ältere Männer in langen Mänteln entgegen. Sie überquerten die Parallelstraße und kamen über den schmalen Durchgang zwischen den beiden gegenüberliegenden Häusern laut grüßend herüber. Mir schien so, als kämen sie aus dem Antiquitätenladen, den man von Katis Küche aus gut sehen konnte. Sofort überkam mich ein ungutes Gefühl, doch konnte ich damals noch nicht einschätzen, woher dies rühren mochte.

"Herr Franck, Guten Tag, wie geht es Ihnen?", grüßte sie den Hutträger.

"Danke, Katarina, ich kann nicht klagen. Oh, Sie haben Besuch?", fragte er neugierig und streckte mir die Hand zum Gruß aus.

Ich dachte mir natürlich absolut nichts dabei und ergriff die seine. Sogleich aber erstaunte mich seine Reaktion. Er schien tatsächlich aus irgendwelchen Gründen beglückt zu sein. Sein Begleiter holte etwas aus der Manteltasche hervor, das einem Kompass sehr ähnlich kam. Doch erkannte ich eine sich grünlich färbende, zähe Flüssigkeit darin und dachte mir, dass es sich wohl um irgendein neuartiges technisches Gerät handeln müsse und ich diese Entwicklung im Bardo verpasst hatte. Der Mann, der mir die Hand schüttelte, fragte mich grinsend: "Ist Ihnen kalt, junger Mann? Ihre Hand gleicht einem Eiszapfen."

Ich zog selbige ruckartig zurück und aus den Augenwinkeln sah ich den Typen mit dem runden, taschenuhrförmigen Gerät bestätigend nicken. Katarina schien einen Small Talk abzuhalten, doch verstand ich ihre Worte nicht mehr. Alles begann sich zu drehen und eine schwere Übelkeit übermannte mich. Obwohl ich ja nichts gegessen hatte, da ich ja generell seit meinem Aufenthalt hier nichts aß. Ich meine noch, mich an die beiden schwarzen Raben erinnern zu können, welche im Sturzflug die Mantelträger attackierten. Danach verschwand alles in einem schwarzen Loch und erst auf Katarinas Couch kam ich wieder zu Sinnen. Erneut auf dieser Couch, dachte ich.

"Na, wieder wach?", fragte sie besorgt und streichelte mir über die Stirn wie einem kleinen Kind, das unter Fieber litt.

"Ich denke schon", erwiderte ich noch leicht benommen.

"Deine Kollegen mochten es wohl nicht allzu sehr, dass dich fremde Männer anquatschen, was?", grinste sie.

"Du hast sie also auch gesehen? Dann hatte ich mir das nicht eingebildet?"

"Ich weiß ja nicht, was du noch mitbekommen hast, bevor du wie ein nasser Sack zu Boden gegangen bist, aber die schwarzen Teufel haben die alten Männer ganz schön drangsaliert, bis sie schließlich die Flucht ergriffen", erzählte Kati.

"Wer? Die Vögel oder die Männer?", hakte ich nach.

"Na, die Männer natürlich", erklärte sie.

"Haben die Raben was ausrichten lassen?", fragte ich unüberlegt.

"Wie bitte? Sorry, der Vogelsprache bin ich nicht mächtig."

"Natürlich nicht", gab ich schwach von mir.

Was hatte ich mir dabei gedacht, so eine dämliche Frage zu stellen. Aber das lag noch an meinem geschwächten Zustand. Ich konnte mir absolut keinen Reim darauf machen, was da vorgefallen war. Wieso diese Übelkeit und dieser Schwächeanfall? Was waren das überhaupt für Typen gewesen? Meine Kollegen hatten mich aus irgendwelchen Gründen beschützt, soviel war klar. Doch wovor? Ich musste mehr über den Hutträger erfahren, den Katarina ja zu kennen schien.

"Wer war denn der Mann, der dich gegrüßt hatte und mir die Hand schüttelte?", wollte ich wissen.

"Das war Sixtus Franck. Der Antiquitätenhändler von gegenüber. Den Anderen hab ich das erste Mal gesehen."

"Und woher kennst du ihn?", hakte ich nach.

"Hmm ... das weiß ich gar nicht mehr so genau. Ich glaube, er hat mich mal angesprochen, als ich sein Schaufenster begutachtet habe", grübelte sie.

"Und wie lange ist das her?", wollte ich wissen.

Eventuell gab es irgendwo, irgendwie einen Hinweis.

"Liegt schon eine ganze Weile zurück. Ich schätze, so zwei Jahre ungefähr, warum?"

"Ich kombiniere, das heißt, ich versuche zu

kombinieren, doch mir fällt nichts Ungewöhnliches auf bis auf die Attacke und meinen Schwächeanfall, was schon komisch genug ist."

"Was hat es denn mit diesen Raben genau auf sich?", forderte nun Katarina ein paar Infos.

Ich schilderte ihr die bisherigen Erlebnisse und die seltsamen Hinweise, die sie mir überbrachten.

"Wirklich seltsam. Und du hast dir das auch nicht nur eingebildet? Kann man ja nicht ausschließen, oder?"

Darauf erklärte ich ihr, wie sich mir das dritte Auge öffnete und wie ich es visuell wahrnahm. Nun verstand sie auch, wie ich an die Daten kommen konnte, die ich ihr habe übermitteln lassen. Selbstverständlich war auch dies schwer für sie zu schlucken, doch musste sie inzwischen gestehen, dass die Anhäufung dieser seltsamen Vorkommnisse, seit sie mich kennenlernen durfte, kein Zufall mehr sein konnte.

"Weißt du was? Ruh dich etwas aus. Ich werde dem alten Herrn mal kurz einen Besuch abstatten, vielleicht ist er ja in seinem Laden." Sie schaute auf die Uhr.

Inzwischen war es dunkel geworden, doch noch nicht so spät, dass es Zeit für Ladenschluss gewesen wäre. Dennoch hatte ich dabei kein gutes Gefühl. Doch Katarina ließ sich nicht beirren und folgte ihrem Forscherdrang. Ich richtete mich auf und wollte sie zur Tür begleiten, doch meine Beine verwehrten ihren Dienst, so blieb ich sitzen.

"Mach dir mal keine Sorgen. Ich bin kampferprobt", lächelte sie schelmisch, "selbst wenn er Böses im

Schilde führen sollte, halte ich es für sehr unwahrscheinlich, dass er mich bezwingen kann."

Sie klärte mich darüber auf, wie sie von klein auf in Sachen Selbstverteidigung geschult worden war. Mit lobenden Worten schwärmte sie von ihrem Vater, dem es schon immer wichtig gewesen war, dass sie sich so gut wie möglich, selbst schützen könne.

"Sei trotzdem vorsichtig", ermahnte ich sie.

"Werde ich", versprach sie.

Sie verließ die Wohnung und unruhig blieb ich zurück. Die Uhr neben dem modernen Flachbildfernseher auf einem Wohnzimmerschränkchen stehend, tickte leise vor sich hin. Ich visierte sie an und ertappte mich dabei, wie alle paar Sekunden die Uhrzeit kontrollierte. Nach 45 Minuten hielt ich es nicht mehr aus und hievte mich von dem Sofa. Meine Beine leisteten mir nur schwerlich Gehorsam, doch zog und schleppte ich mich im Schneckentempo voran. Am Küchenfester endlich angekommen, lugte ich über den zwischen den gegenüberliegenden Gebäuden liegenden Weg hinweg hinüber zum Antiquitätenladen. Die Tür war geschlossen und schwaches Dämmerlicht drang durch die Schaufensterscheiben. Das hatte natürlich noch nichts zu bedeuten, doch trug es auch nicht gerade zu meiner Beruhigung bei. Hier stand ich dann noch etliche Minuten, bis ich aus meiner Konzentration gerissen wurde. Mit hektischen Flügelschlägen kamen meine schwarzen Kollegen angeflattert und setzten sich direkt vor mich auf den Fenstersims. Durch das geschlossene Fenster hindurch vernahm ich ihre eindringlichen Stimmen.

Hast du endlich losgelassen? Dir rennt die Zeit davon. Erinnere dich. Folge den Zeichen. Erinnere dich. Es eilt. Lass endlich los. Folge den Zeichen.

Sie ließen mich verwirrt zurück. Entschwanden in den dunklen Nachthimmel. Und ich straffte mich. In Gedanken ermahnte ich mich selbst. Ich musste zu Kräften kommen. Selbst wenn nicht, ich musste nach Katarina schauen. Da tauchten die Lichtblitze auf. Direkt vor mir und lenkten mich hinaus auf die Straße. Laut krachend schlug die Haustür hinter mir ins Schloss. Der Weg, den ich zurückzulegen hatte, war erstaunlich kurz. Vor dem Antiquitätenladen überkam mich die unheilbringende Vision. Der kreisende und leuchtende, inzwischen wohlbekannte Überbringer der Todesnachricht formte in Römischen Ziffern das morgige Datum. Präzisierte es in Form der Sterne. Mitternacht. Morgen Nacht. Ich rüttelte an der Tür, doch tat sich nichts. Ich klopfte, aber niemand öffnete mir. Ich schlug gegen das Glas, doch zersplitterte es nicht. Verfluchte Sonderanfertigung, dachte ich. Was war das hier? Eine Kaserne oder ein Ramschladen? Ich versuchte um das Haus herumzugehen, doch war es nahtlos mit weiteren Gebäuden verbunden. Ob es einen Hinterhof gab, war nicht zu erkennen. Ich rannte zurück zu Mechthild, die sich womöglich auch schon sorgte, da ich noch nie einen ganzen Tag weggeblieben war, ohne ihr Bescheid zu geben. Ich drehte den Hausschlüssel herum und hörte sogleich Stimmen aus der Küche. Mechthild unterhielt sich mit jemandem. Das war zwar verwunderlich um diese Uhrzeit, doch ließ ich mich davon nicht abhalten, zu ihr zu eilen. Meine übertriebene Vorsicht hatte ich schon vor ein paar Tagen abgelegt.

"Guten Abend, Mechthild", grüßte ich nervös.

Ich konnte deutlich erkennen, dass ich sie überrascht hatte. Sie hob ruckartig ihren Kopf und drehte sich in meine Richtung.

"Huch, Vincent. Ich dachte, du wärst schon zu Bett gegangen", reagierte sie.

Der Besucher war deutlich weniger überrascht und grüßte mich in eigenartigem Akzent.

"Hallo, Kollega. Bist du also von Frau Mechthild neue Mitbewohner, ha?", erkundigte er sich.

"Bin ich", erwiderte ich nur knapp und wandte mich wieder an Mechthild, "Mechthild, ich glaube, ich hab ein Problem. Aber eines vorweg, die Sache ist etwas kompliziert. Ich glaube, mir fehlt die Zeit, um es präzise zu erklären."

"Wo Problem, Kollega? Wenn Problem, Orhan kann vielleicht helfen. Freund von Frau Mechthild auch meine Freund. Verstehst Du, ha?", bot er seine Hilfe an.

"Worum geht es denn, Vincent?", erkundigte sich die alte Dame besorgt.

"Möglicherweise um eine Entführung", stieß ich hervor.

Der Mann mit der eigenwilligen Aussprache schoss in die Höhe, so dass der Stuhl beinahe auf den gefliesten Boden gekracht wäre.

"Mussen wir rufen Polizei", rief er ernst und die Dame bestätigte seinen Vorschlag.

Schon wieder musste ich jemandem ausreden, die Polizei zu rufen. Hätte ich mir ja gleich denken können. Doch war ich zu aufgebracht und litt unter Zeitdruck, um mir vorher eine passende Geschichte zurechtzulegen. Außerdem konnte ich nicht damit rechnen, dass noch jemand anders außer Mechthild anwesend sein würde.

"Nein, nein, keine Polizei. Sie müssen mir einfach vertrauen", protestierte ich.

Natürlich wunderten sich die beiden, doch konnte ich sie vorerst davon abhalten. Ich erklärte ihnen, ohne auf mich und meine Fähigkeiten einzugehen, was sich zugetragen hatte. Berichtete über die beiden Mantelträger und meinen Zusammenbruch. Und erzählte ihnen, dass es sich die Journalistin nicht nehmen ließ, der Sache selbst auf den Grund zu gehen. Als mir die Frage gestellt wurde, wohin sie denn gegangen sei und ich ihnen von dem Antiquitätenladen berichtete, war das Erstaunen groß. Selbstverständlich kannten beide den Laden. Doch dann erstaunte mich Orhan.

"Kollega, ich mir schon denken, diese Mann ist freundlich, aber ganz komische Typ. Aber ich habe Idee. Gute Idee", gab er selbstsicher von sich.

Mechthild und ich waren ganz Ohr. Doch Orhan steigerte die Spannung, indem er mich aufforderte, ich solle mich zuerst einmal setzen. Meinen Einwand schob er händewedelnd zur Seite. Mir blieb keine

Wahl. Doch dann war es meine Gastgeberin, die ihn ermahnte, er solle nun doch endlich mit der Sprache rausrücken.

"Also aufpassen. Ich habe Telefonnummer von Sekretärin von diese Mann. Von Büro in die Laden, weißt du?", er deutete mit seinem Zeigefinger an seine rechte Schläfe.

Damit wollte er mir wohl andeuten, dass ich jetzt zu verstehen habe. Doch ich verstand eben noch nicht, worauf er hinaus wollte.

"Erzähl weiter", verlangte ich nach weiteren Auskünften.

"Na, ich bin seine Lieblings-Taxifahrer. Weil ich bin beste Fahrer von hier bis Istanbul", prahlte er.

"Orhan, bleib bei der Sache", ermahnte ihn Mechthild.

"Schon gut, schon gut. Also, ich kann anrufen und sagen sowas wie, ich habe meine Geldbeutel verloren. Vielleicht ist mir rausgefallen in Laden, wenn ich bringen diese zwei kleine Bandit zu Herr Franck."

"Das ist nicht schlecht", grübelte Mechthild, fragte aber sogleich nach, "von was für zwei kleinen Ganoven sprichst du denn?"

Nun erzählte Orhan bis ins Detail, wie er Sixtus Franck und Marek kennengelernt und heimgefahren hatte. Die Geschichte mit Marek, der von den Halbstarken erpresst wurde. Wie er diesen eine Lektion erteilte und schlussendlich zu Herrn Franck brachte. Er ließ auch das Gespräch mit seinem jungen Kollegen nicht aus, welches er in der Kneipe geführt hatte, und erwähnte auch, dass der Junge wohl eine Ausbildung bei dem Antiquitätenhändler begonnen habe. Den Geheimorden, von dem Marek ihm erzählte, hatte er verdrängt, da er es für wichtigtuerisches Gerede seines jungen Freundes gehalten habe. Doch stirnrunzelnd erwähnte er, dass er das Gefühl habe, etwas Wichtiges wäre ihm noch nicht eingefallen.

"Wann hast du denn einen von den Jungs das letzte Mal gesehen?", fragte ich nach und ahnte nicht Gutes.

"Hmm … seit ich sie bringen zu diese Laden nix mehr. Und Marek letzte Mal in Kneipe."

Nun stockte auch er. Etwas stimmte hier ganz und gar nicht. Orhan schaute auf die Uhr. Es war knapp eine Stunde vor Mitternacht. Er zückte sein Handy aus der Hosentasche und wählte eine Nummer, ohne uns vorher zu informieren. Doch war dies auch nicht mehr nötig gewesen. Uns allen war bewusst, dass wir handeln mussten. Große Pläne schmieden war nicht angesagt. Improvisation war das Schlagwort.

"Hallo, Frau Campbell …", meldete der Türke sich.

Wir, Mechthild und ich, lauschten gespannt Orhans Worten, ohne auch nur einen Mucks von uns zu geben.

"Naturlich, Frau Campbell. Das ist fur mich keine Problem. Ich komme gleich."

Er drückte die rote Taste und beendete das Gespräch. Gleichzeitig erhoben wir uns von unseren Plätzen. Mechthild gab zu verstehen, dass sie dennoch die Polizei rufen würde, wenn wir bis morgen früh nicht wieder zurück währen.

"Ich verstehe Ihre Besorgnis. Auch mir ist mulmig zumute. Aber ich habe das untrügliche Gefühl, dass Sie uns bis morgen Mitternacht Zeit geben müssen, ohne zu handeln", bat ich sie um Geduld.

"Orhan, ich hoffe, ich kann auf dich zählen? Auch wenn es 24 Stunden dauern sollte", erkundigte ich mich und bereitete ihn sogleich auf einen etwas längeren Einsatz vor.

"Hab ich keine Termine. Bin ich selbstständig, weißt du?"

Das nahm ich als ein Einverständnis. Zum ersten Mal drückte mich die alte Dame herzhaft und ich streichelte ihr beruhigend über den Rücken. Belog mich damit aber auch selbst, da ich keineswegs furchtlos war. Nicht um meinetwillen, doch sorgte ich mich um Katarina. Was konnte mir schon geschehen? Sollte man meine manifestierte Hülle in Angriff nehmen, wäre das schlimmste Resultat ein Zurückkatapultieren ins Bardo. Da fiel mir ein, dass ich da auch früher hätte drauf kommen können. Wegen einiger Rückfragen wäre es eine Option gewesen, um einen Abstecher zurück in die Seelenwelt zu machen, nun spielte es aber keine Rolle mehr. Ich würde Höllenqualen erleiden, wenn ihr etwas zugestoßen sein sollte und würde mir das selbst niemals verzeihen. Wir verließen das Haus.

"Warte Moment, Kollega", bremste mich der Türke.

Er ging zu seinem Taxi, welches er gegenüber geparkt hatte. Er griff ins Handschuhfach und forderte mich auf, näher zu kommen. Ich staunte nicht schlecht, als ich seine Ausrüstung erblickte.

"Meine Freunde, guckst Du, ha? Hier eine Glock 31 fur dich, eine fur mich", er drückte mir die schwarze Pistole in die Hand, "aber nix schießen zu viel. Haben funfzehn Schuss. Ich keine Reserve haben, okay?"

Inwiefern durfte ich die Waffe überhaupt anwenden? Auch wenn ich so gut wie keine Erinnerung an meine Ausbildung zum Sensenmann hatte, eines hatte sich eingeprägt: Niemals durften wir töten. Ich schob meine Besorgnis zur Seite. Welche Konsequenzen hatte ich denn schon zu erwarten? Foltern würden sie mich nicht, was sowieso ziemlich kompliziert wäre im Bardo. Wie möchte man körperlosen Seelen Schmerz zufügen? Und wenn ich mir einen Körper dort manifestierte, zum Zwecke des Rauschmittelkonsums, so hätte ich ihn ja schleunigst wieder entmaterialisieren können, hätte eine ernsthafte Gefahr bestanden. Doch wie schon erwähnt, hatte ich noch nie von solchen Vorkommnissen gehört. Gut, man könnte mich zur Strafe in einen Pinscher reinkarnieren, mutmaßte ich. Dann würde ich eben Spartacus auf Augenhöhe begegnen, falls ich erneut hier landen sollte.

"Los geht's, Kollega, gehen wir", gab Orhan das Signal zum Aufbruch.

Ich nickte zustimmend. Wir gingen gemächlichen Schrittes auf den Laden zu, um nicht aufzufallen, sollte uns jemand begegnen. Eine ältere Dame, mit Mrs. Campbell, stellte sie sich mir vor, erwartete uns schon und ich hatte nicht mit einer so freundlichen

Begrüßung gerechnet. Sie ließ uns eintreten und gab zu verstehen, sie hätte sich schon mal umgesehen, aber nichts finden können. Aber wir sollten ruhig und ohne Eile selbst noch mal den Antiquitätenladen absuchen. Natürlich schauten wir uns um, doch nicht nach einem Geldbeutel, der nicht existierte. In den Räumen mit den verschiedensten Antiquitäten war weder von Katarina noch von den Jungs etwas zu sehen. Das hätte mich auch gewundert. Etwas ratlos schauten Orhan und ich uns an. Doch wir mussten erst gar nicht lange grübeln, wo und wie wir mit unserer Suche fortfahren könnten, denn Mrs. Campbell war es, die uns einen Wink gab.

"Hmm … eventuell hat ja Mr. Franck die Geldbörse gefunden. Falls ja, hat er sie vielleicht in seinem Kellerraum, den er manchmal als Büro benutzt, vor allem wenn er sich mal wieder in der Werkstatt aufhält."

Sie log. Dass spürte ich. Doch ansehen konnte man ihr nichts. Hollywood ist ein Stern entgangen, dachte ich. Orhans Blick verriet mir, dass wir selbstverständlich auch die Kellerräume durchsuchen würden, und wir ahnten, wenn uns Gefahr drohen sollte, dann dort.

"Ja, wenn Sie gestatten", gab ich der Frau höflich zu verstehen.

"Selbstverständlich, folgen Sie mir bitte", sprach sie und ging voraus.

Wir verließen den Laden durch den Hinterausgang, der für Käufer und sonstige Interessenten verschlossen blieb. Ein mit Müll und Krempel vollgestopfter Hinterhof zwang uns, zu Hürdenläufern zu werden, und erschwerte uns etwas das Durchkommen. Wo es zu den Kellerräumen ging, war nicht auf den ersten Blick zu erkennen. Doch Mrs. Campbell ging zielstrebig voraus, doch auch sie musste den einen oder anderen im Weg liegenden Karton zur Seite bugsieren. Sie führte uns die Treppen hinab und ließ uns in einen dunklen Gang eintreten.

"Schauen Sie, die Tür da hinten links vor der Mauer am Ende des Ganges. Da ist das Büro." Sie nestelte mit der Hand in ihrer Hosentasche herum, so dass man den Schlüsselbund klappern hörte.

"Sehen Sie sich in Ruhe um, ich komme gleich nach. Ich glaube ich habe die Ladentür nicht abgeschlossen", erklärte sie.

Man musste uns gar nicht erst lange bitten. Ohne zu überlegen, liefen wir in die angezeigte Richtung. Eine krachende Tür gab uns zu verstehen, dass wir wie die größten Amateure in die Falle getappt waren. Mrs. Campbell hatte uns eingeschlossen. Es ist mir durchaus etwas peinlich, zugeben zu müssen, dass wir die Dame mit dem Dutt auf dem Kopf deutlich unterschätzt hatten. Halbblind in diesem dunklen Gang suchten wir nach einem Lichtschalter an der Wand. Nachdem das elektrische Licht summend zumindest etwas Helligkeit spendete, stampfte ich verärgert auf und Orhan schlug wütend mit der flachen Hand gegen die kalte Wand.

"Verflixt und zugenäht", polterte ich drauflos, "was

sind wir doch für Idioten."

"Der dummste Idiot von hier bis Istanbul",
beschimpfte Orhan sich selbst und hängte noch einen
türkischen Fluch dran.

Kapitel 16

"Diese Nacht wirst du hier verbringen", machte Sixtus Franck dem Jungen unmissverständlich klar, nachdem sie die Kathedrale des Schreckens verlassen hatten und sich nun in den Höhlen mit den Unterkünften befanden.

"Sollte ich nicht erst meiner Großmutter Bescheid geben?", druckste Marek herum.

"Papperlapapp. Als ob du dir darüber jemals Gedanken gemacht hättest", widersprach ihm sein Meister, "außerdem hat sich Mrs. Campbell schon darum gekümmert."

Karolina wich den beiden nicht von der Seite und ihr dämliches Grinsen nervte Marek inzwischen. Seine aufgekommenen Gefühle dem Mädchen gegenüber zogen langsam den Rückzug an. Nicht ganz. Gefühle hatte er selbstverständlich noch, eine Mischung aus Wut und Enttäuschung. Sie widerte ihn plötzlich an.

"Beeindruckend, was?", prahlte Sixtus.

Marek nickte nur. Er hatte verstanden, dass er seine Zunge zügeln und die Worte weise wählen musste, wenn er den Drang verspürte, sich mitzuteilen. Ansonsten könnte er sich womöglich um Kopf und Kragen reden.

"So schweigsam? Hat dich die Ehrfurcht gepackt?",
grinste der Großmeister. "Na, das wurde aber auch
Zeit."

"Nun sag schon, bist du für uns oder gegen uns? Ein
dazwischen gibt es nicht", mischte sich Karolina ein.

"Wenn mir endlich jemand mal genau sagen würde,
wie ihr das anstellen wollt, und was ich darin für eine
Rolle spiele, dann könnte ich mich auch leichter
entscheiden", versuchte Marek Zeit zu gewinnen.

"Hier, ich habe dir etwas zusammengestellt." Sixtus
warf ihm ein Heftchen aufs Bett. "Das wirst du bis
morgen gelesen haben. Alles, was du wissen musst,
steht da drin."

"Alles, was ich bisher zu lesen bekam, glich
Hieroglyphen", entgegnete der Junge.

"Natürlich. Was hattest du erwartet? Dies wirst du
lesen können. Einfacher kann man es nicht schildern.
Ich wünsche dir eine angenehme Nachtruhe."

Der Großmeister und Karolina ließen den Jungen
allein zurück. Er setzte sich aufs Bett und nahm das
Heftchen in die Hände. Doch bevor er einen Blick
hineinwerfen wollte, schaute er sich in seiner kleinen
Höhle um. Viel gab es nicht zu entdecken. Spartanisch
eingerichtet, diente es wohl auch sonst nicht als
Wohlfühloase. Nachdem er sich noch mal erhoben
hatte, um nachzukontrollieren, ob man seine Türe von
außen zugeschlossen hatte, und das hatte man, schlug
er sich gegen den Kopf und kritisierte sich selbst. Er
wurde das Gefühl nicht los, dass man ihn überrumpelt
hatte. Er war kein Mitglied dieses Ordens und würde

wohl auch nie eines sein. Wahrscheinlich ein Bauernopfer. Bauer, okay, sagte er sich, aber Opfer wäre gar nicht schön. Sie würden doch keine Menschen opfern, oder? Nein, er schüttelte, so gut es ging, seine Panikattacke ab und redete sich selbst Mut zu. Durchgeknallt, ja, mit Sicherheit, das waren sie allesamt, und die alten Texte, die sie studierten, schienen tatsächlich magische Rituale zu enthalten, deren Funktionalität wohl zu einem gewissen Grad bewiesen war, aber ob sie zu solchen Grausamkeiten wie Mord fähig wären, dass bezweifelte der Junge trotzdem, oder redete sich zumindest ein, dass er das tat. Es gab nichts anderes zu tun und seine Neugierde packte ihn. Also legte er sich hin und schüttelte das Kissen zurecht. Er begann zu lesen. Das erste Kapitel beschrieb eine Welt, von der er so noch nie etwas gehört hatte. Das Bardo. Die Seelenwelt. Nach dem irdischen Tod würde man dahin zurückkehren und nach unbestimmtem Aufenthalt erneut als Mensch reinkarnieren und so weiter und so fort. Diese Welt solle aber nicht nur von Seelen besiedelt sein, die als Menschen auf Erden wandelten, sondern zudem auch noch von sogenannten Seelenbegleitern, welche ihnen mit Rat und Tat zur Seite standen, die vorigen Leben beurteilten und die zukünftigen skizzenhaft vorausplanten. Ohne die jeweiligen Seelen des freien Willens zu berauben. Zudem solle sich dort auch noch eine große Anzahl sogenannter Sensenmänner aufhalten, wie man sie umgangssprachlich nannte. Diese wiederum würden die Seelen nach dem Ableben eines Menschen abholen und hinüber begleiten. Gut, so was Ähnliches hatte Marek schon gehört und in Dokumentationen gesehen. Nahtoderfahrungen. Wobei dort eher selten von schwarzen Männern berichtet wurde, eher von einem Lichttunnel und verstorbenen Verwandten, die den Neuankömmling voller Liebe begrüßten. Dies hielt er aber für Hirngespinste. Das zweite Kapitel fasste die Prophezeiungen zusammen, welche aus folgenden Inhalten bestanden. Es würde ein Zeitalter kommen, indem es keine Rolle mehr spiele, dass die Menschen auf verschiedenen Kontinenten leben. Ohne Zeitverzögerung werde es ihnen möglich sein, sich untereinander auszutauschen, von Angesicht zu Angesicht, egal wo sich die Gesprächspartner aufhielten. Okay, das war nicht schwer zu erraten. Das Internet-Zeitalter, resümierte Marek. Doch dann musste er sich die Augen reiben. Selbst wenn dies der Wahrheit entspräche, so konnte er sich das, was er darauf zu lesen bekam, einfach nicht als real vorstellen. Da stand doch tatsächlich, dass zu dieser Zeit im Bardo ein demokratisches System eingeleitet werden würde und die Menge der Sensenmänner durch Seelen aufgestockt würde, die ihre Anzahl an menschlichen Leben aufgebraucht hätten. Was für ein Blödsinn, dachte Marek und konnte sich ein lautes Lachen nicht verkneifen. Daraufhin schlug es von außen dreimal laut gegen seine Tür. Na toll. Man hatte auch noch Wächter vor seiner Stube stationiert, als hätte er überhaupt eine Chance zur Flucht. Wie dem auch sei, ignorierte er alsbald die arme Kreatur, und las konzentriert weiter. Einer dieser unerfahrenen Seelenabholer müsse in der Stadt des Labyrinths seinen Dienst antreten und würde dabei erhebliche Fehler begehen. So solle er sich in menschlicher Gestalt manifestieren und Merkmale des Todes tragen. Dies alles wollen Visionäre und deklarierte Propheten aus den unterschiedlichsten Epochen in einer Art Trance gesehen und niedergeschrieben haben. Die Texte fand man über den kompletten Erdball verstreut, versteckt an selten frequentierten Orten und in Behältern, die die Zeit überdauerten. Das letzte, fehlende Puzzlestückchen würde bei der Ankunft des Sensenmannes gefunden werden. Dies sei inzwischen der Fall, so fasste es Sixtus für den Jungen zusammen. Ein Kapitel hatte er noch vor sich. Das für ihn wohl wichtigste. Das Ritual und die Anwesenden. Sein Pulsschlag erhöhte sich und die Hände zitterten. Er musste sich aufrichten und kräftig durchatmen, bevor er diesen Teil zu studieren begann. Der Wortlaut schilderte zusammenfassend folgenden Ablauf: Zum einen müssten exakt sieben Meister und sieben unbefleckte junge Frauen, die jeweiligen Schülerinnen, anwesend sein. Zur Symbolik der Zahl wurde erklärt: Die Sieben sei die Summe von drei und vier, von Geist und Seele einerseits sowie Körper andererseits, also das Menschliche. Den in Ketten gelegten Seelenabholer lege man rücklings auf den Altar. Der Großmeister spricht die Formeln und lässt das freiwillig gespendete Blut seines auserwählten

Jünglings und der sieben Jungfrauen in den silbernen Kelch tropfen, bis er zur Gänze gefüllt sei. Die anwesenden Meister, bis auf den Großmeister, müssten mit gekennzeichneten Kerzenständern Gebete rezitierend (um welche Art von Gebeten es sich handelte, erwähnte Sixtus in dem Heftchen nicht) um den Altar wandern. Dies so lange, bis dem Sensenmann die Hälfte des Blutes in den Mund eingeflößt und die andere Hälfte von dem Großmeister getrunken wurde. Letztendlich müsse des Großmeisters Auserwählter, welcher ein Waisenkind sein muss und aus der Stadt des Labyrinths stamme, den Spiegel nehmen und ihn über seinen Herrn, der inzwischen Kopf an Kopf neben dem Gevatter Tod sich zu platzieren hatte, halten. Damit würde eine Transformation eingeleitet werden, welche den Sensenmann an die sichtbare Welt hafte und den Großmeister, den Sensenmännern gleich, unsterblich machen würde. Marek hatte genug gelesen. Er schmiss das Heft wütend gegen die Wand. Auch wenn Sixtus Franck es leugnete, so sah er doch Parallelen zu Aleister Crowley und seinem satanischen Orden. Ob man Luzifer direkt anbetete oder nicht, spielte für Marek keinen Unterschied. An Schlaf war nicht mehr zu denken und so wartete er zähneknirschend und verschwitzt den morgigen Tag ab. Die Tür öffnete sich und der Junge sprang vom Bett. Sein Magen knurrte, und da er das jeden Morgen tat, ging er davon aus, dass er die Nacht wohl überstanden hatte. Es drängte ihn hinaus aus der beengten Höhle. Doch zwei dieser Willenlosen versperrten ihm den Weg. Sie hatten zwar keine Waffen an sich, im Gegensatz zu den Beiden von gestern vor der Kathedrale, doch waren sie viel kräftiger gebaut als er und somit brachte es nichts, einen auf dicke Hose zu machen. Karolina höchstpersönlich brachte ihm das reichhaltige Frühstück auf einem Silbertablett.

"Nun stärke dich erstmal. Dein Blut soll heute Nacht schließlich von bester Qualität sein und da können ein gutes Essen und ein frisch gepresster Orangensaft nicht schaden", grinste sie ihn an.

"Ich lass mir doch kein Blut abzapfen", protestierte Marek.

"Na, da schau mal einer an. Angst vor einem kleinen Schnitt in den Unterarm? Da ist ja jedes Mädchen tapferer als Du", gab sie verachtend von sich.

"Durchgeknallte Mädchen, meinst Du, oder?"

"Einsichtige und zukunftsorientierte Mädchen würde es treffender beschreiben." Sie ließ sich nicht beirren.

"Das ist krank, was ihr da vorhabt", sprach er, seine Abscheu kundgebend.

Karolina war die Freude anzusehen. Marek konnte es sich nur so erklären, dass der Tschechin wohl eine sadistische Veranlagung anhafte. Sie stellte das Tablett zu seinen Füßen ab und spuckte einen langen Faden Speichel in seinen Orangensaft.

"Hey, du bist ja komplett Irre", schrie der Junge.

Er wollte sich aufrichten und dem Mädchen an die Gurgel gehen, doch die Zombies reagierten schneller, als er geglaubt hatte, und drückten ihn zurück auf das

Bett, bis sich das Mädchen entfernt hatte. Danach wankten auch sie hinaus und schlossen Marek erneut ein. Der Appetit war ihm deutlich vergangen. Mit seinem Fuß kickte er das Tablett gegen die Wand, so dass sich die Essensreste über den ganzen Raum verteilten. Er hatte keine Wahl und musste sich erneut in Geduld üben. Als dann die Zeit für das Mittagessen reif war, rechnete er mit einem ähnlichen Schauspiel, doch ein unbekanntes Gesicht trat an ihn heran. Der Fremde war schwer einzuschätzen, dachte Marek, doch als er die Seelenlosen hinausschickte, war dem Jungen zumindest etwas wohler zumute.

"Du solltest etwas essen", forderte er ihn auf, indem er mit dem Zeigefinger auf die Speisen deutete.

Hunger hatte der Junge und es roch verlockend. Rinderrouladen, Teigwaren und Sauce. Dazu eine Schüssel Salat. Der Junge schaufelte hastig drauflos und das Nicken des Mannes gab zu verstehen, dass dieser es gut hieß, wenn der Junge sich stärkte.

"Wer sind Sie?", fragte Marek mit vollem Mund.

"Ich bin Richard", antwortete dieser.

"Aha, der Uhrmacher, richtig?", stellte Marek fest.

"Korrekt", erwiderte der nur kurz.

"Was haben Sie denn mit diesem verrückten Haufen zu tun und warum hören die Zombies auf Ihren Befehl?"

"Eine einfache Programmierung seitens Sixtus´. Und zu deiner ersten Frage: Ich verdiene mir etwas Geld dazu, mein eigentlicher Job ist nicht sehr lukrativ."

"Auf perfide Art und Weise", kritisierte der Hungrige.

206

"Wie man's nimmt. Ich glaube nicht an den Hokuspokus hier. Auch wenn ich einiges, so wie du auch, zu Gesicht bekommen habe."

"Was ist mit den Zombies? Sieht doch verdammt nach ´nem Voodoo-Zauber aus. Meinen Sie nicht auch?"

"Kann auch ein hypnotischer Zustand sein", konterte Richard.

"Und diese ganze unsichtbare Welt?", hakte Marek nach.

"Keine Ahnung, wie das funktioniert. Es muss halt so eine Art Tarnkappentechnik sein, nehme ich mal an."

"So, nehmen Sie an", Marek verzog das Gesicht.

Richard lächelte mitleidig, was den Jungen doch deutlich irritierte.

"Warum schauen Sie mich so an?"

"Ich würde dir gerne helfen, aber das liegt nicht in meiner Macht. Ich rate dir nur, mach was dir der alte Sixtus sagt und dann kommst du heil davon."

"Die wollen mir Blut abzapfen für irgendein wahnwitziges Ritual", empörte sich der Junge.

"Auch ein Arzt nimmt Blut ab, davon stirbt man nicht", versuchte er Marek zu beruhigen.

"Na, ganz toll", entgegnete Marek, "Der Alte sagte mir, Sie würden irgendein technisches Hilfsmittel entwerfen, haben Sie das zufällig dabei?"

"Ich baue es nach seinen Angaben zusammen. Schraube hier und da ein wenig, aber selbst entwerfen muss ich nichts."

Richard langte in seine Hosentasche und zog das kompassähnliche Teil hervor. Marek legte das Tablett ab und begutachtete das Ding.

"Was ist das für eine geleeartige Masse da drin?", wollte er wissen.

"Irgendwelche Zutaten aus Sixtus´ Labor."

"Wozu?", wunderte sich der Neugierige.

"Er behauptet, wenn wir die gesuchte Person ausfindig gemacht haben, würde sich die Flüssigkeit in eine grünliche Substanz verwandeln und damit anzeigen, dass es sich um den Richtigen handle", gab er bereitwillig Auskunft.

"Den Sensenmann", betonte Marek.

Richard lachte unmerklich auf: "Wenn du so willst. Ich sagte ja, ich halte es für sehr unrealistisch, aber soll doch jeder glauben, was er möchte. Falls das Teil tatsächlich auf jemanden reagieren sollte, so ist dieser zwar bemitleidenswert aber der Sensenmann wird es wohl kaum sein."

"Aber wenn Sie recht haben sollten und nicht diese Wahnsinnigen, dann wird es ein unschuldiges Opfer geben", regte sich der Junge auf.

"Ich wasche meine Hände in Unschuld. Sobald es reagieren sollte, lasse ich mich fürstlich entlohnen und mache die Fliege", blieb Richard kalt.

"Haben Sie ihn denn schon ausfindig gemacht?", hakte Marek nach.

"Sixtus hat eine Vermutung. Bald werden wir der Sache nachgehen und dann werden wir ja sehen, was geschieht."

"Hey, lassen Sie mich doch raus hier. Das könnten Sie doch, nicht wahr?", hoffte der Junge.

"Das könnte Ich. Aber ich erspare mir unnötige Scherereien und genau dasselbe würde ich dir auch empfehlen. Sagte ich ja bereits. Tu, was Sixtus von dir verlangt, und der Spuk hat morgen ein Ende", schlug ihm Richard vor und drehte sich zur bogenförmigen Tür, "Mach's gut, Junge."

Marek konnte es nicht fassen. Da war die Chance dahin. Der Typ verschwand einfach wieder und der Junge war sich sicher, dass er ihn nie wiedersehen würde. Hoffnungslos sackte er in sich zusammen. Was blieb ihm anderes übrig, als weiterhin abzuwarten. In seinen Gedanken malte er sich verschiedene Strategien aus, wie er Sixtus und Karolina überlisten könne. Doch kaum hielt er an einer Idee fest, spukten diese Zombies in seinem Geist herum. Scheinbar war nichts zu machen. Außer …? Ja, einen Einfall hatte er dann doch noch und der konnte umgesetzt werden, so glaubte er. Angespannt zappelte er durch den Raum, wobei er in seinen Gedanken die Gänge und die Kathedrale ablief. Er wusste, wo sich die Zombies ungefähr positionierten. Diesmal griff er entschlossener nach dem Heftchen. Nein, zögern durfte er nicht, wenn es dann endlich soweit wäre. Er war bereit. Sixtus konnte kommen. Es kam auch tatsächlich jemand, um ihn zu holen. Doch Karolinas Anblick rief keine Freude mehr in ihm hervor. So schnell ändern sich Gefühle, dachte er verärgert. Das Mädchen zeigte aber wenig Interesse bezüglich seiner Gedanken und Gefühle.

Umringt von den beiden Wächtern, die nun auch

schon stundenlang ohne abgelöst zu werden am selben Platz verharrt hatten, kam sie bestimmend auf ihn zu.

"Hier, zieh dir das an", befahl sie und warf eine rote Mönchskutte aufs Bett.

Marek erhob sich und wollte den Umhang über den Kopf stülpen, als sie ihn scharf anherrschte: "Nicht so, du Tölpel. Zieh alles aus. Deine Unterhose kannst du anbehalten."

Marek drehte Ihr den Rücken zu und tat, wie ihm aufgetragen worden war. Er machte nicht einmal den Anschein, als würde er protestieren wollen. Damit hatte er Karolina tatsächlich das erste Mal überrascht, seit sie ihn zum ersten Mal zu Gesicht bekam.

"Komm mit", befahl sie und das genoss sie wohl sehr, dachte der Junge, aber er schwieg beharrlich weiter.

Sie brachte ihn in einen Speisesaal. Auch dieser erinnerte an das Mittelalter, vor allem, da alle Anwesenden ebenso Kutten trugen, das Gewölbe nur von Fackeln und Kerzen erleuchtet und auf moderne Gerätschaften verzichtet wurde. So standen alle um eine Tafel herum versammelt. Die Meister zur Linken, die Schülerinnen zur Rechten. Karolina nahm ihren Platz gegenüber von Hlavacek ein. Marek jedoch wurde darauf hingewiesen, dass in der Ecke an dem kleinen Holztisch noch ein Hocker für ihn bereitstand. Noch war er ja kein anerkanntes Mitglied des Ordens und müsse deshalb abseits Platz nehmen. Die Entscheidung über seine offizielle Zugehörigkeit konnte erst nach Mitternacht, nach vollzogenem

Ritual gefällt werden. Wahrscheinlich ging das Mädchen davon aus, dass sie ihn mit dieser provokanten Aktion erneut ärgern oder sogar verletzen konnte, doch Marek wollte gar nicht an der Tafel zwischen den ganzen Irren speisen. Natürlich behielt er das für sich und setzte sich ohne Widerworte. Möglicherweise war er doch etwas zu stumm, denn Karolina musterte ihn unentwegt, während die Seelenlosen die Tafel deckten. Als das Abendessen verzehrt wurde, fiel dem Jungen zum ersten Mal auf, das Sixtus Franck noch gar nicht anwesend war. Zu sehr war er auf seinen Plan und die Flucht fixiert, dazu störten ihn Karolinas skeptische Blicke, als dass er sich früher darüber hätte Gedanken machen können. Nun aber fragte er sich sehr wohl, wo der Alte abgeblieben sein könnte. Gab es vielleicht doch keinen Sensenmann und falls dem so wäre, hielt es Marek für sehr gut möglich, dass der Alte einem Herzkasper anheimgefallen war. Aber er bremste seine Gedankengänge, dies ist nur eine kindische Wunschvorstellung, sprach er innerlich zu sich selbst. Als alle gespeist hatten und noch bei einem Becher Wein schweigend zusammen saßen, wankte einer dieser Seelenlosen in die Mitte des Saales und schlug gegen einen asiatischen Gong. Marek zählte mit. Genau elfmal vibrierte es und der Klang vereinnahmte den ganzen Raum. Er schlussfolgerte daraus, dass es noch eine Stunde bis zur Mitternacht sein musste. Die Meister erhoben sich von ihren Plätzen und reihten sich hintereinander auf. Die Mädchen folgten dem

Beispiel und bildeten ebenso eine Kette mit Blickrichtung Ausgang in den Höhlengang. Die Wächter, deren unliebsame Bekanntschaft er ja schon in seinem Schlafraum gemacht hatte, drängten ihn an die Spitze der beiden parallel verlaufenden, menschlichen Linien. Unmenschlich hätte besser gepasst, wenn man nach Mareks Meinung gefragt hätte. Die Meister und Mädchen verfielen in einen sakralen Gesang und die Seelenlosen banden Stricke um seine Hände, an denen sie ihn langsam hinter sich herzogen. Verdammt, dachte er. Die würde man ihm hoffentlich noch vor dem Ritual abnehmen, ansonsten wäre sein Plan zum Scheitern verurteilt. Langsam, Schritt für Schritt, krochen sie durch die Höhlen. Marek konnte nur schätzen, wie lange sie für ihren Gang zur Kathedrale brauchten. Aber eine halbe Stunde musste sicher vergangen sein. Als er die Abzweigung wiedererkannte, welche links zum Hauerloch und rechts zur Kathedrale des Grauens führte, überkam ihn doch ein heftiges Zittern. Der Gesang wurde lauter und echote durch die Höhlen. Schweißperlen benetzten seine Stirn. Als die Pforte in Sichtweite war, hatte der Junge schon Tränen in den Augen, konnte es aber durch heftiges zwinkern einigermaßen verbergen. Die Wächter mit den Hellebarden zogen ihre Waffen zurück und gaben ohne erkennbares Mitgefühl den Durchgang frei. Als Marek das prächtige Bauwerk betrat und den Altar erblickte, blieb ihm ein Aufschrei im Halse stecken. Das konnte nicht sein, er traute seinen eigenen Augen nicht mehr. Es musste einfach ein Trugbild sein oder man hatte ihm etwas in den Wein gekippt um seine Sinne zu vernebeln. Da lag doch tatsächlich festgekettet und regungslos ...

Kapitel 17

Wir rüttelten abwechselnd an der Kellertür, doch da war nichts zu machen. Wir saßen in der Falle. Ich griff schon nach der Waffe, um das Schloss aufzuschießen doch Orhan hielt mich auf.

"Nein, nix schießen. Vielleicht noch brauchen Munition."

Ich verlor den Mut und ließ den Kopf hängen. Doch der Türke strotzte nur vor Selbstvertrauen. Seine kurze Eigenkritik hatte er schnell vergessen. Er ging die Wände entlang und klopfte mit dem Handballen an das kalte Gemäuer.

"Was soll das bringen?", fragte ich ihn.

"Hundert Prozent irgendwo gibt eine Durchgang. Wo sonst kann sein deine Freundin?", erklärte er und klopfte ohne Unterlass weiter.

Ich ließ den Gedankengang kurz auf mich wirken und berappelte mich dann aber schleunigst, um ihn tatkräftig zu unterstützen. Alle sichtbaren Kellertüren waren verschlossen und auch durch lautes Rufen kamen wir nicht weiter. Doch dann, am Ende des länglichen Ganges schrie Orhan auf: "Hier, komm schnell Kollega. Hier andere Geräusch."

Tatsächlich, auch ich konnte den dumpfen Klang

deutlich erkennen. Wir schlugen auf die Wand ein, doch gab sie nicht nach. Wir tasteten das Gemäuer mit flachen Händen ab und dann fiel es uns auf. Eine einfache Schiebetür.

Als wir die Barrikade entfernt hatten, standen wir einen Moment regungslos da. Mit allem hatten wir gerechnet, doch das hier war Neuland, auch für mich. Obwohl ich inzwischen mir nichts, dir nichts mein drittes Auge einschalten konnte und auf diese Art mehr und anders sehen konnte als die meisten anderen Erdenbewohner, war das hier etwas wirklich Seltsames und wir konnten beide unsere Bedenken nicht verbergen.

"Was zum Henker ist das hier?", sagte ich mehr zu mir selbst.

"Das muss sein die Eingang zu Dschahannam", meinte der Türke ehrfürchtig.

"Du meinst die Hölle? Hmm ... da ich ja aus dem Bardo komme, kann ich das nicht einmal ausschließen, doch glaubte ich bisher nicht an die Existenz der Hölle."

"Was ist Bardo?", schaute mich Orhan ratlos an.

"Das Gegenteil zu deinem Dschahannam", entgegnete ich.

"Dann bist du Engel?", fragte er mich ungläubig.

"Die einen sagen so, die andern so", antwortete ich.

Wir schauten beide wieder in das vor uns liegende Labyrinth, ohne auch nur einen Schritt zu wagen.

"Bestimmt hier leben die Dschinn", flüsterte er.

Ich zuckte mit den Schultern. Wir mussten eine

Entscheidung treffen. Hier wie angewurzelt stehen zu bleiben, konnte nicht des Rätsels Lösung sein. Die Wahrscheinlichkeit, dass man Katarina hierhergebracht, was sag ich, entführt hatte, stieg ins Unermessliche. Dass Orhan hier Angst um sein Leben bekam, konnte ich gut verstehen. Ich aber hatte nur Sorge um den blonden Engel. Jetzt, als wir uns endlich näher zu kommen schienen, wurde sie mir entrissen, das erzürnte mich. Und wenn ich daran dachte, was man ihr eventuell antun mochte, überkam mich eine tiefe Traurigkeit, wie ich sie noch nie verspürt hatte. Ich schloss kurz meine Augen und dachte nach. Dann war ich es, der die Stille nicht mehr aushielt, und musterte meinen Partner.

"Ich werde da jetzt reingehen. Ich kann dich aber zu nichts zwingen. Ich verstehe, wenn du hier warten möchtest?", sprach ich zu dem Türken.

Der schüttelte sich kurz, legte seine Stirn in Falten und zog seine Glock hervor.

"Alleine? Hier? Kollega, deine Kopf kaputt, ha?"

Ich verstand. Orhan war also mit von der Partie.

"Also los, auf drei", gab ich das Kommando.

"Eins ... Zwei ... Drei ..."

Wir sprangen beide gleichzeitig. Gerne hätte ich jetzt mitgeteilt, wir sprangen hinein. Doch das war nicht der Fall. In verrenkter Haltung steckten wir fest, in irgendetwas Unsichtbarem. Zudem schrie Orhan noch laut auf. Etwas musste ihm wohl Schmerzen bereiten, zumindest hatte ich damit keine Schwierigkeiten. Einige Sekunden zuvor saßen wir noch in der Falle.

Jetzt hatte sich die Lage noch verschlimmert. Wir waren Gefangene. Regungslos konnten wir nur ausharren. Es war unmöglich abzuschätzen, was geschehen würde. Wenn es an dieser Situation überhaupt etwas Gutes gab, dann dass man uns nicht lange warten ließ. Da kam er gemächlich an uns herangetreten. Eingehüllt in eine bis zum Boden reichende rote Robe. Der Antiquitätenhändler. Er nickte zufrieden, dann übermannte ihn ein grausames, irres Lachen.

"Ich habe dich schon erwartet, Gevatter Tod", wandte er sich an mich mit verächtlichem Ton.

Bevor ich etwas erwidern konnte, ich hätte aber in diesem Moment sowieso nicht genau gewusst was, löste sich ein Schuss und hallte durch die Höhlen. Orhan hatte die Glock noch in der Hand und diese konnte er frei bewegen. Doch zielen war wohl etwas schwieriger angesichts unserer Schieflage. Der Alte lachte erneut wie irre drauflos. Der Knall konnte ihn nicht erschrecken. Er hatte die Situation wohl absolut unter Kontrolle.

"Na, na, Kollega. So sagst du doch immer, nicht wahr? Was ballerst du denn hier herum? Ich sehe keinen Anlass dafür, womit habe ich dich denn jemals verärgert?"

Er kam seitlich auf Orhan zu und nahm ihm elegant die Pistole ab. Mist. Das minimierte die Chancen auf unser erfolgreiches Unternehmen. Aber warum hatte der Alte auf mich gewartet? Woher kannte er mich und woher wusste er etwas über meinen

Arbeitseinsatz als Gevatter Tod, wie er es ausdrückte? Er verschwand für einen Moment in einer nahegelegenen, kreisrunden Höhle. Das, was ich von meiner Position aus erkennen konnte, erinnerte mich stark an ein mittelalterliches Waffenarsenal. Und was soll ich sagen, der Schein trog nicht. Mit schweren Ketten bewaffnet kam er zurück und legte uns selbige um die Fußknöchel und Handgelenke. Er schien durch die unsichtbare Wand einfach so hindurchgehen zu können. Als er schlussendlich Orhans Ketten mit meinen verband, so dass wir nur hintereinander würden gehen können, vollführte er eine ausschweifende Bewegung, als hätte er über seiner Robe noch einen weiteren Umhang, in den er uns nun mit einhüllte. Und dann geschah Unfassbares. Wir waren frei. Nun, nicht ganz richtig, wir hatten ja die Ketten an, die uns in der Bewegungsfreiheit deutlich einschränkten, aber zumindest steckten wir nicht mehr in dieser ominösen Wand fest.

"Ich werde darauf verzichten, Euch hinter mir herzuziehen. Ich schlage vor, Ihr folgt mir einfach und stolpert nicht über Eure eigenen Füße", sagte der Großmeister.

"Wo haben Sie Katarina hingebracht?", schrie ich den Mann an.

"Das Mädchen ist wohlauf. Mach dir keine Gedanken. Wenn du tust, was ich von dir verlange, wird sie schon bald wieder nach Hause gehen können", versuchte er mich zu beruhigen.

"Hey, Kollega. Warum du machen das und wo ist

Marek und die anderen zwei Jungen?", hörte ich Orhan hinter meinem Rücken rufen.

"Etwas viele Wies und Wos? Wenn Ihr jetzt mal die Klappe halten würdet, dann beantworten sich Eure Fragen von selbst", entgegnete unser Kidnapper genervt.

In meinen Gedanken sah ich mich den Großkotz würgen, doch wahrscheinlich hatte er sogar recht. Wir schlurften ihm also weiter hinterher und beäugten unterwegs dieses unterirdische System von Höhlen, Gängen und allerlei Räumen. Nach einigen Metern hielt er kurz inne und verlangte von uns stehen zu bleiben und auf ihn zu warten. Er verschwand in einem Raum, der wohl als Labor dienen musste. Einige Sekunden war er unseren Blicken entschwunden, tauchte dann in Begleitung eines Köters wieder auf. Der Hund, der die Größe eines Kalbs hatte, trottete auf uns zu, beschnupperte uns und gesellte sich schließlich wieder zu seinem Besitzer. Plötzlich hörte ich Orhan würgen.

"Was ist los, Orhan? Ist was passiert?", sorgte ich mich.

"Diese scheiße Hund stinken schlimmer wie zehn anatolische Bergziege", röchelte er.

Ach, deswegen. Nun, weder wusste ich, wie anatolische Bergziegen riechen, noch konnte ich irgendetwas riechen, diesmal also eindeutig ein Vorteil, dass mir mehr als die Hälfte der biologischen Elemente fehlten, die ein Normalgeborener ansonsten besaß. Der Türke lehnte seinen Kopf gegen meine

Schulter, so als würde er sich gleich übergeben.

"Abstand halten und weiterlaufen", schrie dieses Scheusal vor uns, "und Du, Bruno, hör nicht auf diese Idioten. Dein Geruch ist gar nicht so schlimm wie manche behaupten."

Wir liefen weiter. Ab und an drehte sich diese Mönchsimitation im Gehen nach uns um, doch sein stolzer Gang und sein angehobenes Kinn verdeutlichten, dass er nicht wirklich einen Angriff von hinten befürchtete. Ich gestehe, der Gedanke kam mir, doch das Klappern der Ketten war zu laut und würde durch jede schnellere Bewegung der Zielperson vorzeitig verraten, dass Vorsicht geboten sei. Also verwarf ich den Gedanken wieder und übte mich in Geduld. Irgendwann würden wir schließlich irgendwo ankommen. Dann und erst dann könnte ich mir einen Überblick verschaffen und die notwendigen Schlüsse daraus ziehen. Allein Katarina hatte jetzt Priorität, sie galt es zu befreien, wenn es sein müsste, würde ich mein irdisches Leben hier in diesem Hades beenden, wenn damit sichergestellt wäre, dass Orhan sie dadurch würde rausschleusen können. Nach einigen Abzweigungen und mehreren Stufen, die in die Tiefe führten, blieb er stehen und lehnte sich an die braune Wand.

"Hier rein, mit dem Rücken zu mir und Hände über die Stange", befahl er und zeigte in einen Aufzug, wie man sie von Bergwerken kennt.

Er band unsere sowieso schon eingeketteten Hände an dem Geländer fest und schloss den Käfig von innen, indem er das Gitter herunterzog. So ratterten wir minutenlang in die Tiefe. Vor unseren Augen nur eine hellbraune Felswand. Als mir schon ganz schwindelig wurde und ich glaubte, ich würde bald in Trance fallen, bremste das Gefährt ruckartig ab und kam mit einem großen Krach unten an. Tiefer ging es hier nicht mehr. Ich hörte das Gitter rattern und vernahm das kratzende Geräusch, als der Alte unseren Käfig nun wieder öffnete. Hätte mein Körper die Fähigkeit besessen, durch Anfall einer Gänsehaut meinen Gemütszustand zu beschreiben, so wäre das zu diesem Zeitpunkt mit Sicherheit geschehen. Denn was ich hier zu hören bekam, ergatterte zugleich meine Bewunderung und paradoxerweise fand ich es irgendwie unheimlich, und wenn das ein Sensenmann sagt, dann kann es nichts Alltägliches sein. Ein sakraler Gesang echote durch die Höhle, der zum einen wunderschön klang und doch etwas Bedrohliches an sich hatte. Auch Orhan schaute mehr als irritiert. Sixtus Franck musste uns keinen Befehl zum Weitergehen erteilen, wir folgten ihm auch so automatisch, da es sowieso nur in eine Richtung ging. Nach nur einer Abzweigung kamen wir in eine weitere Röhre, die sich nach wenigen Schritten erneut gabelte. Wir bogen nach rechts ab. Der Gesang wurde lauter und eindringlicher. Wir steuerten auf einen verzierten Torbogen zu, der von seltsam leer dreinblickenden Kuttenträgern bewacht wurde.

"Die Dschinn", röchelte Orhan.

"Quatsch. Dschinn sind Feuerwesen. Die da glühen

doch nicht, oder?", entgegnete ich.

Sixtus Franck drehte sich ruckartig zu uns herum.

"Schluss jetzt mit dem Gequatsche. Ich erbitte mir etwas mehr Ehrfurcht bei dieser feierlichen Zeremonie."

Nicht dass er mir hätte Angst einflößen können. Doch schließlich wusste ich ja noch immer nichts über Katarinas Verbleib, also hielt ich mich auch weiterhin zurück. Wenn mich nicht alles täuscht, dann wird es wohl jetzt zum großen Showdown kommen, hörte ich mich selbst in Gedanken sagen.

"Ich nix glauben das", rief plötzlich Orhan laut aus.

"Was ist denn jetzt schon wieder?", regte sich der alte Mann auf.

"Die da, das sein die Jungen, wo ich dir bringen. Was gemacht mit diese?", polterte der Türke und zeigte auf die beiden Wächter.

Diese schien das aber nicht zu kümmern und hielten ihren Blick stur geradeaus gerichtet. Da fiel mir auf, warum mein Partner so empört reagierte, die Typen mit den Hellebarden hatten keine Pupillen. Auch das hatte ich so noch nie gesehen. Da kann ich mit meiner manifestierten Aufmachung nicht mehr mithalten, kam mir ein Gedanke. Und ich sorgte mich, wie die Menschen bei einer Begegnung mit mir reagieren würden, lächerlich, wenn man diese Gestalten mal näher betrachtete. Doch das Staunen nahm kein Ende. Als Orhan wohl oder übel akzeptieren musste, dass er keine Antwort zu erwarten hatte, führte uns dieses selbstgefällige Ekelpaket hinein, und was soll ich sagen? Man konnte im Bardo ja nach Belieben herumexperimentieren und alles Mögliche manifestieren, aber dieser Ort hatte dennoch etwas sehr Spezielles. Nicht dass ich noch nie eine Kathedrale von innen gesehen hätte. Aber in dieser Form war es auch für mich eine Premiere. Ein Altar, der ganz gewiss nicht meinem obersten Vorgesetzten bestimmt war, und die wankende Masse von scheinbar seelenlosen Kreaturen, die auf uns herabschaute, war so zahlreich, dass ich mich fragte, ob es von uns Sensenmännern auch nur annähernd so viele gab. Der sakrale Gesang und das Flackern der Fackeln und Kerzen ließen die Mosaike und die bunten Kirchenfenster in ganz besonderem Glanz erstrahlen. Doch dass dies hier eine unheilvolle Sekte sein musste, brauchte mir niemand extra zu erklären. Mehrere Seelenlose nahmen Orhan die Ketten ab und drückten ihn in eine Nische, vor der sie sich dann positionierten. Ich nahm es stillschweigend zur Kenntnis, schließlich musste ich, so gut es ging, gelassen und konzentriert bleiben, was in dieser Umgebung unheimlich schwer war, selbst für mich, doch konnte ich nur so auf den erlösenden Einfall hoffen. Durch leichtes Schubsen dirigierten mich die Kreaturen in die Richtung des Thrones, welcher hinter dem Altar in die Höhe ragte. Wie ich so weiterstolperte, nahm ich eben diesen Altar etwas genauer unter die Lupe. Totenkopf, sehr originell. Kerzenständer, auch schon mal gesehen. Silberner Kelch, Mann, da musste aber jemand Durst haben.

Spiegel, nanu? Wofür denn das? Wollte sich der Priester des Grauens vor seiner Andacht schminken? Und dann noch diese überdimensionierte Voodoo-Puppe, lächerlich, festgekettet, als würde das Ding vor den Nadelstichen fliehen wollen, beinahe hätte ich geschmunzelt, doch dann … Ach du gütiger Gott! Ich riss meine Augen auf. Ich wusste nicht mehr, ob ich vor Wut schreien oder heulen sollte. Das war alles andere als eine Puppe. Da lag Katarina. Die Augen geschlossen, um dieses teuflische Schauspiel nicht mit ansehen zu müssen. Jetzt war ich mir ganz und gar nicht mehr sicher, ob es zu harmlosen Nadelstichen kommen würde. Aber was konnte ich jetzt tun? Und worum ging es denn überhaupt? Wäre nicht genau jetzt der Zeitpunkt für eine Erklärung? Die sollte ich bekommen, doch in einer Form, die mir gar nicht gefiel. Die Kreaturen zogen meine Ketten in die Länge und befestigten sie an vier Stangen, die den Altar umgaben. Mit altertümlichen Seilzügen hievte man mich in die Höhe und richtete mich so aus, dass mein Blick genau auf Katarinas Kopf ausgerichtet war. Ich sah sie zittern. Die Augen hielt sie krampfhaft auch weiterhin verschlossen. Von meiner Ankunft ahnte sie nichts. Zudem übertönte der Chor alle anderen Geräusche. Aus dem Augenwinkel sah ich, wie mehrere Männer und junge Frauen den Altar umkreisten. Schließlich kam auch der Großmeister herangetreten, neben ihm ein Junge, dessen Hände geknebelt waren und dem man ein Tuch in den Mund gesteckt hatte. Ich versuchte mich angestrengt zu erinnern, wo ich ihm schon mal begegnet war. Dann fiel es mir ein. Das Black Sabbath T-Shirt. Der Junge vom Marktplatz. Der Alte hatte eine krankhafte Miene aufgesetzt. Der Wahnsinn blitzte aus seinen Augen. Ich sah ihn das Tuch aus dem Mund des Jungen ziehen, dann erhob er die Hand und alles schwieg. Stille. Absolute Ruhe. Als hätten alle den Atem angehalten. Dann schrie der Junge los. Er unterbrach das allgemeine Schweigen.

"Warum? Lassen Sie meine Schwester gehen. Was hat sie mit dem Ganzen zu tun? Sie haben mich und Sie haben den da?", kopfnickend deutete er auf mich.

Schwester? Und was heißt hier *Sie haben den da?* Wenn schon nicht Vincent Toth, dann doch zumindest Gevatter Tod oder Sensenmann oder sonst was in diese Richtung.

Sofort riss Kati die Augen auf, als sie *ihren Bruder* schreien hörte. Ich hatte das Gefühl, ihre Angst wäre in diesem Moment, als sie mich über sich erblickte, in puren Hass und Rachsucht umgeschlagen. Sie zog an den Ketten und wälzte sich, soweit es ihr möglich war, auf dem Altar. Doch befreien konnte sie sich nicht. Ihre Anstrengungen waren vergeblich.

"Vincent, es tut mir leid, es tut mir so leid, das wollte ich nicht", schrie sie mir in die Höhe.

"Schon gut, Kati, schon gut. Beruhige dich. Ich glaube, die wollen nur mich", versuchte ich sie zu beruhigen.

Erneut mischte sich der Junge ein.

"Das stand so nicht in Ihrem Heftchen. Der Ablauf ist

nicht korrekt", protestierte er.

Der Großmeister lachte und klatschte vor Freude in die Hände. Ansonsten schwiegen alle geduldig.

"Du glaubst doch nicht im Ernst, dass ich so naiv bin und dir im Voraus preisgeben würde, wie hier was vonstattengehen soll", er lachte wieder, "mir war selbstverständlich klar, dass du dir Gedanken machen würdest, wie du mir in die Quere kommen könntest. Aber, mein lieber Marek, wie du siehst, alles vergeblich. Niemand kann mich aufhalten."

"Aber meine Schwester, warum meine Schwester?"

"Ich glaube, unter den vorliegenden Umständen wirst du mit Sicherheit freiwillig etwas deinen Arm einritzen und dein Blut spenden, nicht wahr?", gab er zufrieden von sich.

"Aber das ist doch nicht freiwillig. Das nennt man Erpressung", protestierte der Junge.

"Nun, wie dem auch sei. Hauptsache, niemand sonst hier im Raum muss dich verletzen, um an dein Blut zu kommen. Das, mein Junge, ist deine ganze Aufgabe. Wenn du dich also bereit erklären würdest, dann garantiere ich dir freien Abzug und deine Prachtschwester darfst du mitnehmen", bot er dem Jungen an.

"Hey, lassen Sie die beiden gehen und Orhan auch. Sie wollen doch nur mich", schrie ich hinunter.

"Schweig. Was weißt denn du schon?", rief der Irre.

"Ich weiß, dass Sie krank sind. Wozu das Ganze hier? Was wollen Sie denn erreichen?", forderte ich nun endlich eine ausführliche Antwort.

"Was ich erreichen will, möchtest du wissen", er lachte mich aus, "müsst ihr Seelenabholer nicht den freien Willen eines jeden Menschen akzeptieren?"

"Ja! Müssen wir."

"Dann erkläre mir mal, wo mein freier Wille bleibt, wenn ich nicht selbst bestimmen kann, wann ich meinen Körper für immer verlasse", forderte nun er eine Antwort.

"Der biologische Körper ist nicht dafür bestimmt, ewig Bestand zu haben", versuchte ich deutlich zu machen.

"Hatte ich das nicht soeben gesagt? Wer hat das festgelegt? Ich kann mich beim besten Willen nicht daran erinnern, je so eine Entscheidung getroffen zu haben", beschwerte er sich.

Erinnerung! Als er dieses Wort aussprach, geschah es. Als hätte man mir einen Schleier von den Augen gezogen.

Die schwarzen Raben. Ihre seltsamen Mitteilungen an mich. Ich solle loslassen! Ich solle mich erinnern, wozu ich da bin! Und scheinbar hatte ich unter diesen Umständen losgelassen. Ich hielt weder an dieser Welt noch an meiner eigenen fest. Ich selbst machte mir über meine eigene Existenz keine Gedanken mehr, ich sorgte mich nicht um mich. Mein einziger Wunsch bestand darin, dafür Sorge zu tragen, dass alle Anwesenden heil hier herauskommen würden. Ich erkannte auch die Stimmen wieder, die von den schwarzen Vögeln zu mir drangen. Suriel, mein eigener Seelenbegleiter und Aariel, der unterstützend an dieser Mission teilnahm. Es prasselte nur so auf mich ein. Mein letzter Aufenthalt im Bardo. Die vielen einfühlsamen Gespräche mit Suriel, der mit mir Bilanz zog, über meine sämtlichen irdischen Existenzen. Der meine Trauer spürte, meine Enttäuschung über mich selbst, meine Wut auf mich selbst. Ich hatte nicht einen meiner Lebenspläne einigermaßen erfolgreich umgesetzt. Auch andere taten sich mitunter etwas schwerer und machten nur langsam Fortschritte in ihrer Entwicklung. Doch ich verfiel in jedem Menschenleben in Selbstmitleid und in Selbstaufgabe. Gab jedem, ja auch Gott, die Schuld für meine klägliche Existenz. Doch erkannte ich nie, dass nur mein persönliches Ego für mich von Bedeutung gewesen war, und erkannte noch weniger, dass auch andere Menschen Not litten. Da Suriel über all meine Leben gewacht hatte und im Bardo mein Ansprechpartner gewesen war, setzte er sich dafür ein, mir eine letzte Chance zu gewähren und mich auf eine göttliche Mission zu schicken. Er bereitete mich intensiv darauf vor, welch Ereignis bevorstehen solle. Man verfolgte die Prophezeiungen seit den ersten Aufzeichnungen. Man wusste um die Ziele dieses Ordens, um die Ziele aller Geheimgesellschaften und Kulte. Man ließ die Menschen immer gewähren, bis sie es zu weit trieben und die göttliche Ordnung außer Kraft setzen wollten, erst dann wurde durch aktive Einmischung für die Einhaltung der Gesetze gesorgt. Freier Wille bedeutet nicht, tun zu können, was man will, sondern nicht tun zu müssen, was man nicht will.

Ich durfte selbst entscheiden, ob ich diese Menschen retten wollte oder weiterhin im Bardo für immer und ewig meinen Geist benebeln mochte. Doch die größte Überraschung aber war die Einsicht, dass ich gar nicht der Sensenmann, der Gevatter Tod war. Ich wusste nicht mal mehr, ob es diese Gestalten tatsächlich gab oder ob sie eine Erfindung des menschlichen Geistes waren. Ich hatte zumindest noch nie einen von ihnen getroffen. Auch Suriel und Aariel, in Form der schwarzen Raben, hatten keine Seele abgeholt, wie ich rückschauend feststellte. Sie waren nur zu einem Zwecke hier, sich um mich zu kümmern und mir auf die Sprünge zu helfen. Der Schleier des Vergessens machte auch vor mir keinen Halt. Der Eintritt in die Welt der Materie beinhaltet dies wohl automatisch. Was die Seelenbegleiter aber nicht zu betreffen schien. Ich wusste plötzlich, von welchem irrsinnigen Wunsch diese Sektenmitglieder getrieben wurden. Doch wie konnte ich diese Verrückten dazu bringen, all die Unschuldigen gehen zu lassen? Selbst diese scheinbar Seelenlosen galt es wieder aufzuwecken. Der Spuk musste beendet werden. Die Seelen mussten wieder in ihre Körper zurückkehren und zur Besinnung kommen. Ich schaute tief in die Augen des Großmeisters. Er hob einen Dolch in die Höhe, faselte seine Beschwörungen herunter und übergab das zweischneidige Messer einem der Kuttenträger. Er nahm den silbernen Kelch und stellte sich mit dem Rücken zum Altar. Ein junges rothaariges Mädchen trat an ihn heran. Sie vollführte ehrfurchtsvoll einen

Knicks. Sixtus Franck senkte leicht den Kopf und zwinkerte ihr auffordernd zu. Der Adjutant bot dem Mädchen den Dolch an. Dann ging alles sehr schnell. Ein Schnitt und das Blut floss aus ihrem Unterarm in den Kelch. Sie trat zur Seite und ein weiterer Kuttenträger verband ihre Wunde. Das zweite Mädchen führte das Ritual durch. Katarina hatte Ihren Kopf zur anderen Seite gedreht, sie konnte es nicht mit anschauen. Marek protestierte nicht mehr. Der Schock stand ihm ins Gesicht geschrieben. Ich konnte nicht einschreiten. Alle vier Gliedmaßen von mir gestreckt, musste auch ich den Vorgang machtlos ertragen. Doch als das siebte Mädchen vortrat, waren sie da. Wie aus dem Nichts tauchten sie plötzlich auf. Außer mir schenkte den schwarzen Raben niemand Beachtung. Zauberei und magische Schutzwälle konnten sie nicht aufhalten.

"Karolina, überleg es dir bitte noch einmal …", hörte ich Marek das Mädchen anflehen.

Ich schaute zu Suriel und Aariel, die sich auf den beiden Stangen vor meinem Kopf niederließen. Mich überkam die absolute Ruhe und die Zeit schien still zu stehen. Sie waren gekommen, um mir zu helfen. Um den Menschen zu helfen. Ich schloss die Augen und lauschte einfach ihren wohltuenden Stimmen, die um mich herum und in mir erklangen.

"Du hast losgelassen. Du erinnerst dich. Der Moment ist gekommen. Sprich uns laut nach. Sprich so laut du nur kannst. Du erinnerst dich. Du kennst deine Aufgabe. Schrei es hinaus, so dass man dich bis unter die Dachkuppel hören kann."

Und ich schrie. Ich verstand die Worte nicht, die ich inbrünstig von mir gab. Doch ich schrie sie so lange und laut hinaus, bis auch die letzte der armen Kreaturen in sich müde zusammensackte. Die Seelen kehrten wieder zurück in ihre Körper. Der stinkende Hund bellte und bellte. Er drohte verrückt zu werden und rannte wild geworden umher. Von einem Wächter zum anderen. Von Kreatur zu Kreatur.

"Hör auf damit. Hör sofort auf damit", hörte ich Sixtus mich anschreien.

Doch ich dachte gar nicht daran. Ich schrie einfach weiter die Worte hinaus, die seinem Zauber die Wirkung raubten. Ich hätte für alle Ewigkeit weitergebrüllt, doch zwang man mich innezuhalten. Sixtus hechtete auf Katarina zu, legte ihr seine breiten Hände um die Gurgel und begann sie zu würgen.

"Hörst du mich? Hör sofort auf damit. Sieh her! Ich werde sie töten, wenn du nicht sofort aufhörst."

Ich sah, wie Katarina kämpfte. Die Augen quollen hervor und sie röchelte. Ich konnte nichts tun. Ich ließ den Kopf hängen und war der Kapitulation nahe. Aber nicht so ihr Bruder. Er schlug mit seiner Handkante mit voller Wucht ruckartig gegen Karolinas Kehle. Das Mädchen gab keinen Mucks von sich. Sie sackte einfach in sich zusammen und rührte sich nicht mehr. Der Junge entriss ihr den Dolch und rammte ihn in Sixtus' Schulter. Mit einem lauten Aufschrei ließ er von Kati ab und vollführte eine schnelle Drehung mit ausgestrecktem Arm. Er erwischte mit aller Härte das Kinn des Angreifers. Da lag er dann, neben dem Mädchen und hielt sich den Kiefer. Die anderen Kuttenträger stürzten sich auf ihn. Katarina kreischte und auch ich versuchte, mit einem Wortschwall das Geschehen zu unterbrechen, doch sie nahmen keine Rücksicht. Wahrscheinlich hätten sie ihn erschlagen, doch dann ließ ein heftiger Knall alle erstarren. Zuerst schauten alle irritiert hin und her. Wussten nicht, woher dieser Knall kam, noch wem er gegolten hatte. Auch ich konnte es nicht sofort zuordnen. Dann sahen wir den Großmeister zusammenbrechen. Wie in Zeitlupe ging er in die Knie. In der Schulter steckte nach wie vor der Dolch, und nun steckte in seiner Stirn auch noch eine Kugel. Diese hatte erheblich mehr Schaden angerichtet. Von den zuvor so zahlreichen Seelenlosen gab es nicht eine Reaktion. Allesamt rieben sie sich die Augen, streckten ihre Glieder und suchten die Umgebung nach etwas Vertrautem ab. Dann hörte ich den Türken Befehle erteilen.

"Holt sofort meine Kollega da runter. Los geht's. Und Frau losbinden."

"Woher hast du denn die Pistole?", rief ich verdutzt. Der inzwischen nicht mehr unter uns weilende Großmeister hatte sie ihm abgenommen, erinnerte ich mich?

"Kollega, du vergessen? Stinkende Hund bei Labor. Ich fast kotzen und Kopf gegen deine Schulter machen. Und Pistole von deine Hose rausziehen", erklärte er sichtlich zufrieden.

Wow. Ein türkischer John Wayne, dachte ich mir und

war erleichtert. Orhan hatte die entscheidende Wendung herbeigeführt. Fast! Denn dann geschah es. Die Wände und Böden begannen zu zittern. Risse entstanden. Ein Flimmern und Flackern verwandelte die Kathedrale in eine traumähnliche Stätte. Der Großmeister war tot. Sein aufgebauter Zauber verlor an Wirkung. Bald würde alles im Nichts verschwinden.

"Orhan, schnapp dir Katarina und all die anderen. Ihr müsst hier raus. Schnell", schrie ich, so laut ich konnte.

"Vincent ...", schaute mich Katarina flehend an.

"Katarina, ich wollte dir nur noch sagen, dass ich dich wunderbar finde", sagte ich ihr gefühlvoll.

Es bebte und krachte und Orhan kam herangeeilt. Marek befreite seine Schwester. Die Meister und Mädchen beobachteten regungslos das Treiben. Der Türke hatte sie im Visier.

"Kollega, du mitkommen", rief mir Orhan zu.

Ein heftigeres Beben. Mosaikbrocken lösten sich von der Decke und prasselten auf uns nieder.

"Orhan, rennt los. Schnell. Ihr habt keine Zeit. Keine Widerworte, verstanden? Und Danke für alles. Kümmere dich um die beiden und richte Mechthild Grüße aus."

Sie mussten es einsehen. Sie konnten sich kaum noch auf den Beinen halten. Die erste Säule stürzte ein. Der Thron krachte in sich zusammen. Sie rannten los und dirigierten die Masse an Wiedererweckten hinaus aus diesem Ort des Schreckens. Katarina hatte dicke Tränen in den Augen. Sie hauchte noch einmal meinen Namen und dreht sich mehrmals zu mir um. Dann verschwanden sie. Einer nach dem anderen eilte hinaus. Ich hörte die verblieben Meister noch rufen, es sei noch nicht zu spät. Eines der Mädchen ergriff Karolinas Arm, ein anderes Mädchen zog den Dolch aus Sixtus´ Schulter.

"Hlavacek, nun bist du der Großmeister. Sprich die Worte", rief einer der Männer.

Die Mädchen füllten den Kelch mit Blut. Der neuerwählte Großmeister sprach seine Bedenken aus.

"Es fehlt das Blut des Jungen. Wir können das Ritual nicht durchführen."

"Scheiß auf das Ritual. Das Blut der Mädchen wird ausreichen, um die Substanz des Labyrinths zu erhalten. Wir müssen jetzt erst einmal unsere Ärsche retten", konterte einer aufgebracht.

Hlavacek breitete seine Arme aus und rezitierte lateinische Worte. Es dauerte. Die Männer reichten sich der Reihe nach den Kelch und tranken gierig den Saft des Lebens. Ihre Münder verfärbten sich rot und das Blut tropfte auf ihre Kutten.

"Schneller", schrie nun auch eines der Mädchen.

Doch Hlavacek verhaspelte sich immer wieder. Er begann zu stottern. Das Beben wollte nicht enden. Ich konnte nur hoffen, dass für die Flucht der Anderen ausreichend Zeit bleiben würde. Minuten vergingen, doch der Großmeister sprach die letzten Worte. Die Gefahr war noch nicht gebannt. Die Risse im Boden weiteten sich krachend aus. Die Stangen, an denen meine Ketten mich festhielten, versanken mit einem

Ruck in der sich auftuenden Schlucht. Ich stürzte hinab auf den Altar. Niemand konnte reagieren. Es geschah alles im Sekundentakt. Ich sprang vom Opfertisch. Hlavacek führte den Kelch an seinen Mund. Mit meiner Rechten schleuderte ich ihm die Kette ins Gesicht. Der Silberbecher prallte zu Boden und die letzten Tropfen bildeten ein Rinnsal zu den Füßen des Großmeisters. Dann gab es nur noch ein einziges, nimmer enden wollendes Krachen und alles stürzte in sich zusammen. Stille. Schwärze. Die absolute Ruhe. Lange. Sehr lange.

Kapitel 18

"Willkommen zurück", hörte ich Suriel sprechen.

"Ist alles gut gegangen?", fragte ich.

"Das ist es. Wir sind stolz auf dich", bekam ich zur Antwort.

"Katarina?", hakte ich nach.

"Alles bestens. Sie lebt. Alle, die überleben sollten, haben überlebt", beruhigte man mich.

Das war gut. Ja, das war sehr gut. Doch trotz des Erfolges war da so ein Gefühl. Ich war durcheinander. Es war ruhig hier. Friedlich. Es hätte angenehm sein sollen, doch ich fühlte eine Leere in mir, wie ich sie noch nie empfunden hatte.

"Nun, Vincent, was betrübt dich?", fragte Suriel nach.

"Alle meine Erinnerungen sind wieder da. Ich darf also auch weiterhin als Mensch reinkarnieren, richtig?", vergewisserte ich mich.

"Natürlich. Das war die Abmachung. Du hast in dieser Extremsituation dein Ego verdrängt und Mitgefühl bewiesen. Du hast Zuneigung empfunden und warst bereit, alles zu opfern für das Wohl anderer. Also, alles richtig gemacht. Du darfst reinkarnieren", bestätigte Suriel.

"Wann und wo?", erkundigte ich mich.

"Lass uns wie immer in Ruhe deinen Lebensplan aufstellen. Wir werden schon etwas Passendes entwerfen, in Ordnung?", meinte Suriel friedvoll.

"Suriel? Gibt es die Möglichkeit für eine leicht veränderte Abweichung von dem standardisierten Ablauf der Reinkarnationen?", informierte ich mich zaghaft.

"Inwiefern? Was schwebt dir vor?", tat er erstaunt, obwohl ich mir sicher bin, dass er schon wusste, worauf ich hinauswollte.

"Ich würde alles dafür geben, wenn man mir gestatten würde, dass ich mein Leben als Vincent Toth weiterführen dürfte", bat ich.

"Als Sensenmann?", foppte mich mein Seelenbegleiter.

"Natürlich nicht. Als Mensch aus Fleisch und Blut. Und ohne die Maskerade", erklärte ich.

"Wegen Katarina, richtig?", lächelte er mich verständnisvoll an.

"Ja, wegen Katarina", bestätigte ich.

"Ich schaue, was sich machen lässt", versprach er.

Eine Woche später. Das Treiben auf dem Marktplatz ließ mich erwachen.

"Hey, Sie da. Sie können hier nicht schlafen", motzte mich eine Marktverkäuferin an, die gerade ihren Stand mit frischen Eiern, Kartoffeln und anderen Produkten vorbereitete.

"Verzeihung", erwiderte ich verschlafen.

Ich musste mich erst einmal orientieren, doch kaum hatte ich den steinernen Ritter erblickt, an dessen

Brunnen ich angelehnt lag, wusste ich, wo ich mich befand. Die Müdigkeit verflog auf einen Schlag. Ich blickte hoch zu dem Recken und rief hinauf: "Friede?" Ich glaube, er akzeptierte mein Angebot. Machte er doch nicht den Anschein, mich angreifen zu wollen. Die Frau, die mich soeben noch angemotzt hatte, schüttelte nur den Kopf und murmelte etwas vor sich hin. Ich strotzte nur so vor Kraft und Energie. Mechthild. Sofort eilte ich zu der alten Dame. Die Überraschung war perfekt. Sie strahlte über das ganze Gesicht, als sie meine Stimme hörte, und begrüßte mich mit einer herzlichen Umarmung. Wie es das Schicksal so will, kam genau in diesem Moment der kleine Nachbarsjunge vorbei.

"Hey, Vincent. Wo warst du denn die letzten Tage? Hast ´nen Auftrag für mich? Könnte ein wenig Taschengeld gebrauchen", grinste er mich an.

"Den hab ich tatsächlich. Warte kurz", sagte ich ihm. Ich eilte in mein ehemaliges Zimmer in der oberen Etage. Unter der Matratze lag etwas, dass ich für alle Fälle aufgeschrieben hatte. Ich zog den Brief hervor und rannte wieder hinunter.

"Komm, wir haben etwas zu erledigen", sagte ich dem Kleinen.

Mechthild lächelte und gab mir zu verstehen, dass sie mich bald auf einen Kaffee erwarte. Meine Gesellschaft habe ihr gefehlt.

Schon nach den ersten Schritten sah ich vor dem Haus Beutelspacher zwei schwarze Raben kreisen.

"Hallo, Freunde. Ich wünsche euch einen schönen

Tag und guten Flug", grüßte ich sie.

"Du sprichst mit Vögeln?", wunderte sich der Junge.

"Komm jetzt, geh und verdiene dir dein Taschengeld. Mach alles so wie besprochen, in Ordnung?", stupste ich ihn an.

"Klaro, Vincent, wie immer", meinte er augenzwinkernd.

Der Dreikäsehoch begrüßte Katarina über die Sprechanlage und teilte ihr mit, er würde gerne kurz hochkommen. Ich schlich hinterher und setzte mich auf die Holztreppen im Hausgang. Katarina konnte mich dort nicht sehen.

"Was ist das?", hörte ich sie fragen.

"Das soll ich Ihnen von Vincent geben", antwortete der Kleine ohne Umschweife, "sie sollen es sofort lesen."

Ich hörte sie leise schluchzen und dann vernahm ich das Aufreißen des Couverts. Sie begann leise zu lesen.

Es gab zu allen Zeiten viele Namen und Bezeichnungen für mich. Zu den geläufigsten gehören wohl: Gevatter Tod, Grimmer Schnitter, Freund Hein und natürlich, wie schon jeder Steppke weiß, wurde und werde ich häufig als der Sensenmann bezeichnet. Halt. Stopp. Gleich hier und jetzt muss ich mich korrigieren und ein sehr altes, weit verbreitetes Vorurteil aus der Welt schaffen. So denn Sie meine reale Existenz überhaupt in Betracht ziehen können. All die Namen beschreiben nicht mich allein! Meine Wenigkeit ist nur Teil einer Gruppe. In eurer Welt würde man uns als Arbeitskollegen definieren, die vergleichbar mit Zahnrädchen Teil einer Maschinerie sind, welche dafür Sorge zu tragen hat, dass die Weltbevölkerung nicht schlagartig explodiert und es somit schlussendlich zu einem Kollaps führen würde. Sie rollen mit den Augen und runzeln verächtlich die Stirn? Nun gut, nichts anderes war zu erwarten. Sollten Sie zu der klassischen Sorte Mensch gehören, die alles, was nicht sicht- und spürbar ist, kategorisch ablehnen, könnte ich einen wissenschaftlichen Vortrag über die Schwingung der Atome und die Funktion des menschlichen Auges halten. Doch nehme ich davon Abstand und gestatte Ihnen stattdessen einen Einblick in meinen persönlichen Werdegang als Freund Hein. Selbstverständlich mache ich das nicht ganz ohne Eigeninteresse. Bedauerlicherweise habe ich mich nämlich, nicht zum ersten Mal übrigens, in eine missliche Lage gebracht und da sich die Meinen scheinbar einen feuchten Dreck drum scheren, wie ich wieder in meine Sphären zurückfinde, sehe ich durch die Veröffentlichung meines Wirkens unter euch Erdenmenschen eine vage Hoffnung, mich wieder zu dematerialisieren und mein Bewusstsein die Heimreise antreten zu lassen. Möglicherweise gehen Sie davon aus, ich würde Sie durch meinen folgenden Bericht in eine Zeit zurückversetzen, die schon längst vergangen ist und nur durch archäologische Ausgrabungen Rückschlüsse zulässt, wie der Alltag der damaligen Menschen ausgesehen haben mag. Ein weiterer Irrtum. Weder werde ich über Pyramiden noch über Römische Arenen berichten. Auch Hexenverbrennungen und Bauernaufstände sind nicht Teil meiner Erinnerungen. Denn: Meine Karriere als Seelenabholer begann, in Erdenjahren gerechnet, erst vor kurzem. Schon in den verschiedensten Reinkarnationen als Mensch fiel ich durch meine eher praktisch orientierte Vorgehensweise auf. Zuhören oder aus Büchern lernen, war mir auch damals schon, in den verschiedensten Menschenleben, immer ein Gräuel. Wäre es anders gewesen, hätte ich mich auch für meine neuen Aufgaben als Gevatter Tod etwas gewissenhafter vorbereitet und würde dann mit ziemlich hoher Wahrscheinlichkeit nicht in eurer Dimension festhängen. Doch den theoretischen Teil habe ich im Jenseits liebend gerne ins Nirwana geschickt und bevorzugte des Öfteren die Projizierung und Materialisierung von mir für notwendig befundene Annehmlichkeiten, wie zum Beispiel einen niemals abrennen wollenden Joint (ich sollte nebenbei erwähnen, dass ich das Woodstock-Festival 1969 in meinem letzten Erdenleben als ein sogenannter Hippie live miterlebt habe). Doch nun genug der Vorworte und Erklärungen. Lesen Sie selbst und vor allem aufmerksam. Denn möglicherweise sind auch wir uns schon begegnet, ohne dass Sie es wussten. Und falls nicht, so kann ich Ihnen hiermit versichern, dass Sie mich oder einen meiner Kollegen spätestens in den letzten Minuten, die Sie in Ihrem Menschenkörper verbringen, sichten werden, um letztendlich eine gemeinsame Reise anzutreten.

"Um Gottes Willen, wann hat er dir das gegeben? Wann hat er das geschrieben?", stotterte Katarina.

"Geschrieben vor zwei Wochen, hat er gesagt", meinte der Kleine locker.

"Und wo hat er das für dich hinterlegt?", drängte sie auf weitere Informationen.

"Er hat mir nichts hinterlegt", wunderte sich der Junge.

"Sondern?", man konnte Katarinas Nervosität deutlich heraushören.

"Na, vorhin", erwiderte der Kleine trocken.

Ich wusste, dies war der Moment für meinen großen Auftritt. Ich erhob mich von den Stufen und rief ihren Namen. Wir stürzten aufeinander zu und hielten uns in den Armen. Ich drückte sie und hob sie hoch, um ihr tief in die Augen zu schauen. Sie küsste mich auf die Stirn.

Dann gab sie mir eine sanfte Ohrfeige.

"Hey, nicht so fest", schauspielerte ich.

"Tu nicht so, als ob du was spüren könntest."

"Ich spüre aber, ich spüre und rieche und schmecke alles", erklärte ich.

Bevor sie irgendeine Frage stellen konnte, küsste ich sie aufs Innigste und lange. Dann setzte ich sie ab und wartete darauf, dass sie mir ihre Fragen stellte.

"Wie kann das sein? Du bist nicht tot? Aber, okay, verstehe schon. Der Sensenmann kann nicht sterben, richtig?", plapperte sie drauflos.

"Es gibt keine Sensenmänner, zumindest nicht dass ich wüsste", entgegnete ich gelassen.

"Wie bitte? Aber, ich weiß doch, was geschehen ist. Ich habe das doch nicht geträumt. Du musst der Sensenmann sein. Aber wieso kannst du plötzlich fühlen? Hast du im Nachhinein alles perfektionieren können? Manifestieren, wie du so schön sagtest."

Sie konnte noch immer ohne Punkt und Komma reden. Doch ich liebte es. Ich würde ihr bis zu meinem Lebensende zuhören, wenn sie das wünschte.

"Ich glaubte, der Gevatter Tod zu sein. Aber das ist eine lange Geschichte. Als ich den Brief verfasste, hatte ich nur bruchstückhafte Erinnerungen und ich hoffte durch dich, durch deine Arbeit für Aufsehen sorgen zu können, weil ich keinen anderen Ausweg sah, um zurückkehren zu können. Und wie ich mich hätte dematerialisieren können, war mir bis dato auch noch ein Rätsel. Ein Buch sollte meinen Brief präzisieren. Deswegen hatte ich hineingeschrieben, es wäre genug der Vorworte und man solle aufmerksam lesen."

Katarina hörte mir aufmerksam zu, doch schüttelte sie leicht den Kopf. Natürlich, es gab viel zu erklären, doch diesmal sollte uns niemand in die Quere kommen und wir würden uns alle Zeit der Welt nehmen. Der kleine Bengel verzog die Augenbrauen, er verstand nicht, wovon wir sprachen. Katarina drückte ihm ein üppiges Taschengeld und eine Dose Cola in die Hand, dann verließ er uns. Wir saßen umarmt auf dem Sofa und Spartacus lag auf meinem Schoß. Wir hatten Frieden geschlossen. Er leckte immer wieder an meiner Hand, auch er spürte, dass ich nun ein Mensch aus Fleisch und Blut war.

"Und wie stellst du dir das vor mit dem Buch?", fragte mich Katarina.

"Weißt Du, Suriel zeigte mir in der Rückschau auf mein kurzes Leben hier alle Dinge, die von Belang waren. Natürlich ohne die Intimsphäre aller Beteiligten zu sehr zu verletzen. Er unterstützt mein Vorhaben, da er meinte, so ein Buch wäre ein guter Einstieg in mein neues Leben als Mensch und es könnte mir dabei helfen, mir meinen Unterhalt selbst zu verdienen."

Katarina fiel mir erneut um den Hals und ich sog den Duft ihres Parfums ein. Diese Nacht machten wir kein Auge zu und die nächsten Tage nahmen wir uns auch reichlich Zeit füreinander. Schließlich machte ich mich an die Arbeit. Ich verarbeitete meine Erinnerungen und inneren Bilder und klapperte auf der Tastatur herum. Die ersten Zeilen meines Tatsachenberichts, der, sollte er je veröffentlicht werden, aber mit Sicherheit als fiktiver Roman kategorisiert werden wird, begannen wie folgt: *"Der Wind wehte eisig und kalt durch die Gassen der Altstadt. Die Straßenlaternen färbten den klebrigen Schnee, der die Pflastersteine vollends unter sich begraben hatte, in ein düsteres Gelb. Die Johannes dem Täufer geweihte Kirche, deren Gebäudekern noch aus dem 13. Jahrhundert stammte, ließ die Kirchenglocken zur Mitternacht läuten. Aus Richtung Leonberger Schloss kommend, welches heutzutage das hiesige Finanzamt beherbergt, verrieten die frischen Schuhabdrücke auf dem vermeintlichen Gehweg einen nächtlichen Spaziergänger. Form und Größe der duftlosen Fährte würden einen heimlichen Beobachter zu der Schlussfolgerung gelangen lassen, dass es sich um ein Mitglied des weiblichen Geschlechts handeln müsse. Doch Katarina Sadlowski fürchtete weder die Dunkelheit noch irgendwelche Späher in der Nacht …"*

ENDE

John D. Sikavica
Taschenbuch: 172 Seiten
Verlag: Books on Demand
Taschenbuch ISBN: 978-3842336476

ÜBER DEN AUTOR

John D. Sikavica, am 08.02.1974 in Mühlacker als Kind kroatischer Gastarbeiter geboren, verbrachte die ersten Jahre bei einer deutschen Familie und durfte deshalb zweisprachig aufwachsen und zwei unterschiedliche Mentalitäten kennenlernen. Er ist verheiratet und lebt inzwischen mit seiner Frau in Leonberg. Seit seiner Jugend ist das Schreiben seine Leidenschaft. Beruflich hat er unterschiedliche Wege eingeschlagen, bis hin zur Selbstständigkeit.

Mit dem SF-Mystery-Thriller »Phase 7 - Der Schöpfermythos« präsentierte er der Öffentlichkeit sein Erstlingswerk.

Mit dem vorliegenden Roman: »Mister Toth - Die verlorene Ewigkeit«, bedient er das Fantasy-Genre.

Möchten Sie weiterhin über Neuigkeiten des Autors informiert werden?
Dann reicht schon ein kostenloser Klick auf »Gefällt mir« im Autorenprofil auf Facebook.

www.facebook.com/JohnD.Sikavica